咸鱼白菜也好味

林卫辉 ——— 著

SPM
南方传媒

广东人民出版社

·广州·

序言

　　有人说，吃是一场修行，也有人说，吃是一场疗愈。但辉哥在《咸鱼白菜也好味》当中告诉我们：吃，也是一个认知与学习的过程，是一场让我们通过吃，活得更明白的过程。

　　读辉哥的这本书，能够让我们知道，吃的这些东西究竟给我们带来了什么样的认知。很早以前就有人说过，人与食物的关系就是人与世界的关系。站在感官世界的角度来说，这没有错，因为我们看到的、听到的、摸到的、吃到的都是来自环境、生态、社会的各式信息中所捕捉到的。但是，这些信息如何被加工成为思考认知，并且逐渐形成我们固有的思考方式、人格方式？我们又是如何在这个过程当中修炼成被社会公众所认可的人？这些却没有认真思考过。尤其在吃这方面，我们知道各种各样的味道、各种各样的排场、各种各样的稀有珍贵食材，但真的吃明白了吗？我们要想吃明白，除了要知道所食东西的来龙去脉，还要了解这食物与时代、地域及人之间所带来的不同感受，进而比较出我们如何认识的一个过程，这是我们非常欠缺的。

辉哥的书追根溯源，告诉了我们食物的基础化学结构、生物结构，以及与这个食物相同环境下的其他生态产品之间的关系。看了辉哥的书，我们更明白了因什么而吃，为什么而吃。我们吃其实不仅仅是为了补充生理需求，更多的是增加我们的精神享受，让我们更多地能够认知这个世界，吃明白了。

吃就是一场学习，让我们能够通过味蕾去审视生态的美、社会的美、人们劳作的美、制作菜肴的美及经营一个餐厅的美。辉哥这本书是一本引领我们去知道"我们为何而吃"的教科书。如果把眼界投向七百多万年前的古人类，我们的祖先从树梢来到地面是为了寻找食物，在漫长的寻找食物的过程当中，我们一再迁徙，一再寻找我们的伊甸园、桃花源。最终，在对食物的深刻认识当中，找到了我们脚踩的这片土地，就是我们梦寐以求的桃花源。

吃，让我们明白了自身与这个世界的关系。因此，有了辉哥这本书，我们才能具体地在一日三餐中知道"人与食物的关系就是我们与世界的关系"，这是辉哥这本书带给我们最好的一份答案。读《咸鱼白菜也好味》，就是知道通过吃来学习、来认知、来了解自己与世界的关系。

读辉哥的书，认真地吃，认真地学习。

陈立

浙江大学教授、美食纪录片《风味人间》总顾问

目录

目录

第一篇
CHAPTER 1

瓜果蔬菜

闲话空心菜

夏天，叶菜难有好吃的，空心菜是例外，正好当时。原因是空心菜性喜温暖、湿润气候，耐炎热，不耐霜冻，20~35度是它最喜欢的温度。空心菜的学名叫蕹菜，还有叫通菜蓊、蓊菜、藤藤菜、通菜的。它和番薯还是近亲，是番薯属植物，所以空心菜老了会有番薯叶的味道。

和其他绿色叶菜一样，翠绿的空心菜受热后很容易变成棕褐色，这多少会影响食欲。这是由于两个因素的作用，一方面是叶绿素的分子结构受到了破坏：叶绿素中有一种叫作卟啉的化合物，它的结构是几十个碳和氮原子围绕着一个镁离子，当光照射到镁离子时，只有绿色光反射出去，所以就是绿色。当叶绿素经过长时间加热，蔬菜中的部分细胞破裂，就给了"敌人"氢离子可乘之机，活跃的氢离子取代了镁离子，光照射到氢离子身上，就会出现令你没有胃口的棕褐色或黄色。

  另一方面，蔬菜含有酚类化合物，同时也含多酚氧化酶，平时两者有各自的细胞壁保护，所以互不干扰，加热到60度时，多酚氧化酶最为活跃，蔬菜中的酚类化合物细胞壁被破坏，多酚氧化酶将酚氧化，产生褐变。高温可以摧毁多酚氧化酶，但高温让酚类在没有多酚氧化酶的情况下也能氧化。因为，快炒或开水烫后用冷水过凉，都是为了避免在60度停留时间太长和烹煮过度，减少氢离子对镁离子的骚扰和蔬菜的褐变。

  今天这碟空心菜不够翠绿，那是厨房离房间太远，60度停留时间长了的缘故。吃空心菜，厨师、传菜工和食客都要争分夺秒，蔡澜先生说在泰国有一道"飞天空心菜"，厨师在灶台上快速炒好空心菜，传菜员拿着碟站在几十米外，厨师把锅里炒好的空心菜往空中一抛，传菜工这边一接，刚刚好，其间还越过一道电线。这简直是杂技表演，为了与时间赛跑，这一招也用上了，作为食客，不马上分而食之，怎对得起他们为我们争取的时间！

空心菜味道清淡，而且不合群，菜叶难与肉味融合，所以少见有人用肉炒空心菜。用蒜、辣椒、腐乳、虾酱、豆酱、蚝油简单调味，即可调出万种风情。整蒜、拍蒜、蒜末炒空心菜，味道完全不同，这是因为大蒜里有蒜氨酸和蒜氨酸酶，两者平时和平共处，互不相扰，当变成拍蒜或蒜蓉时，两者发生关系，变成大蒜素，又是另一种味道。整蒜没有大蒜素，油炸后表现出来的是淀粉受热后的香和甜，蒜末炸后表现出来的是大蒜素的浓郁香味，而拍蒜介于两者之间。清淡的空心菜，给了大蒜味道变化表现的舞台，尤如空白纸好作画的道理。

在家里做空心菜，火候没有酒楼的足，如何快速越过 60 度？答案是多油少菜，锅铲加筷子迅速搅拌均匀。还有一种办法，烧开尽量多的水灼空心菜后用冷水过凉，这既有利于尽快越过 60 度，足够多的水又稀释了氢离子，间接保护了镁离子。这一招可适用于所有绿叶菜。

空心菜是碱性食物，并含有钾、氯等调节水液平衡的元素，食后可降低肠道的酸度，预防肠道内的菌群失调，对防癌有益。所含的烟酸、维生素 C 等能降低胆固醇、甘油三酯，具有降脂减肥的功效。空心菜中的叶绿素有"绿色精灵"之称，可洁齿防龋除口臭，健美皮肤。空心菜还特别易生长，摘了还会再生，旱地水里皆可种。如此优秀和贴心的蔬菜，出身必须与名人扯上关系。传说这个菜与老林家的祖宗比干有关：比干被纣王挖了心后，被八仙之一的张果老超度复生，骑着一匹马神游，路上遇见一老妇，手里拿着一把青菜。比干问是什么菜，老妇答曰："无心菜"。比干再问："菜无心与人无心有什么区别？"老妇答："菜无心能活，人无心会死。"

比干应声倒下，彻底挂了，而这把青菜，就是空心菜！此事见《封神演义》，胡扯书中之战斗机，当然不足为信。

空心菜菜梗空心，这是它的纤维管束，功能是运送养分和水分，成分是纤维素、半纤维素、木质素、胶浆及果胶，具有促进肠蠕动、通便排毒作用。还有说空心菜可外用治蛇咬、蜈蚣咬的，可治湿疹、痔疮的，这些信不信由你，反正不是我说的。

空心菜易种易烹，自然广受欢迎。空心菜中最佳者，当属广西博白县的空心菜。它好吃到什么程度呢？当地一句流行语可观一二，说"蕹菜送白粥，食了不知足"！壮族诗人古笛来此旅游，在品尝了空心菜后，留下了"席间一试青龙味，半夜醒来嘴犹香"的诗句。

一般的空心菜都是茎短叶茂，而博白空心菜恰恰相反，它茎长叶疏，叶尾尖细。博白空心菜有三个品种：大叶空心菜、小叶空心菜、三角叶空心菜，其中以小叶空心菜为上品。小叶空心菜在旁人看来就是一条条长长的、几乎没有叶子的藤蔓，所以很多不明真相的人会误以为它的纤维很粗，口感很差。但其实这种小叶空心菜非常脆嫩多汁、清香爽口，最让人感到神奇的是，煮熟后放置到次日，仍然能很好地保持明亮的碧绿色，就像刚炒出来一样。

清乾隆年间，在闽南任过职的张五典有咏空心菜诗："嫩绿浮春池，苇筏作畦亩。细茎间脆叶，泥沙未能垢。雅胜僧房斋，宜点葡萄酒。借问种者谁，恐是抱汲叟。"

他说的是水空心菜，诗写得的一般，空心菜加葡萄酒，这也毫不搭干，看来不是一个吃货。■

美颜暴品的番茄

　　跃餐厅的新菜，有一道番茄蛋花汤，很有意思，用香槟杯盛着，淡淡的黄色，仿如一杯香槟。一吃才知道，原来是番茄汁燕窝：浓浓的番茄味，用的是圣女果，所以番茄味更足；燕窝也是一种蛋白质，尽管没有鸡蛋丰富，但贵在有燕窝酸。

　　老板彪哥是潮汕人，潮汕人做桌摆喜宴，第一道菜和最后一道菜都是甜品，讲究的是"从头甜到尾"。跃餐厅把这一习俗搬了过来，而且低调得很，明明是番茄汁燕窝，却叫番茄蛋花汤，如果收费也这么低调，那叫一个完美。

　　燕窝就不说了，我们说说番茄。番茄的原产地是南美安第斯山脉一带，就是厄瓜多尔、秘鲁、玻利维亚这些国家，一开始就是番茄圣女果，也叫樱桃番茄，长成大番茄这个样子，是人工培养、科技赋能的结果：樱桃番茄太小，产量不高，必须把它变成大番茄；皮薄起沙的番茄不好运输，所以必须让它变得皮厚肉硬，结果就是口感硬实；红彤彤的番茄更有卖相，所以必须把番茄的叶绿素去掉，结果就是番茄缺乏光合作用，导致不够甜，果酸也不足，没有番茄味。圣女果还没被过多人工干预，果酸和果糖含量更丰富，所以更有番茄味。

　　番茄的主要成分是维生素、番茄素、番茄红素、胡萝卜素和膳食纤维。维生素的作用大家都知道，番茄中的维生素 C 含量特别高，还有最重要的美白作用：维生素 C 可以从源头调控负责产出黑色素的络氨酸酶的合成过程，抑制络氨酸酶对于生成黑色素的催化，进而减少黑色素的沉淀。胡萝卜素在身体内也会转化为维生素 A，番茄素的作用是抑制细菌。

　　不过，上述这些都是小事，番茄最大的贡献是番茄红素，番茄红素在人体主要分布在睾丸和肾上腺中，肝脏、脂肪组织、前列腺及卵巢中分布也较多，所以说吃番茄能保护前列腺和卵巢。番茄红素所具有的长链多不饱和烯烃分子结构，使其具有很强的消除自由基能力和抗氧化能力。目前对其生物学作用的研究主要集中在抗氧化、降低心血管疾病风险、减少遗传损伤和抑制肿瘤发生发展等方面。现在已经广泛用番茄的苹果酸和柠檬酸是它在味蕾上表达出酸的直接原因，番茄的甜味则主要来自葡萄糖和淀粉经过口腔中的唾液淀粉酶分解而成的麦芽糖和葡萄糖。苹果酸除了给番茄更丰富的口感，在消化系统中的身影也十分忙碌：苹果酸的化学结构简单，可以直接为人体利用，快速供能，刺激味觉神经对垂体激素的敏感度。苹果酸还可以调控氨的代谢，降低血液中氨的浓度，解离出钾离子和镁离子，增强心肌活力。对于外来药物，苹果酸拥有保护正常细胞的能力，还可以稳定药物在体内的药代动力。对于许多急性药物，如注射液的药效发挥都有一定的缓冲和靶向功能。

因此，在食欲不振的节气里吃点番茄能够生津开胃，刺激食欲；番茄对于舒缓心肌，降低心脏病患者的发病率，增强血氧代谢，稳定发挥药效都有着重要功效。

在化妆品上，如番茄红素保湿乳液等，有美白和抗衰老效果；番茄红素美白精华针，具有抗氧化、抗过敏、美白的功效。跃餐厅的这道番茄汁燕窝，妥妥的美容产品啊！

问题是，生吃番茄或喝番茄汁，虽然有利吸收维生素，但人体能够吸收的番茄红素却乏善可陈。番茄中的番茄红素绝大部分是全反式构型。而在人体组织中的番茄红素则大部分为顺式构型，也就是说，番茄中的番茄红素只有小部分通过我们身体的酶转化为我们身体所需要的番茄红素，其他的则通通排走。好消息是，热加工可将部分天然番茄红素的反式结构转变为顺式结构，且食物基质中脂类可促进番茄红素的释放，加入油脂热处理后的番茄红素比未加工的番茄红素更易吸收。所以，如果想补充维生素，就生吃番茄。如果想补充番茄红素，那就煮熟了吃，最好加点油。当然，煮开了就好，因为长时间的烹煮，也会破坏番茄红素。

　　有趣的是，一开始大家都以为番茄有毒，不敢吃，只是作为观赏植物。16 世纪，英国俄罗达拉公爵在南美洲旅游，将番茄带回英国，作为爱情的礼物献给了情人伊丽莎白女王以表达爱意，从此，"爱情果""情人果"之名就广为流传。

　　第一个吃番茄的人太伟大了！ 17 世纪，有一位法国画家曾多次画番茄，面对番茄这样美丽可爱而"有毒"的浆果，实在抵挡不住它的诱惑，于是产生了亲口尝一尝它是什么味道的念头。他冒着生命危险吃了一个，觉得甜甜的酸酸的，酸中又有甜。然而，躺到床上等死的他居然没事，由此番茄无毒可以吃才被人们所知。

　　番茄传入我国是 17 世纪的事，但番茄可吃这事直到清末民国初年国人看到西方人吃才知道。康熙皇帝组织编撰的《广群芳谱》的果谱附录中有"番柿"："一名六月柿，茎似蒿。高四五尺，叶似艾，花似榴，一枝结五实或三实。……草本也，来自西番，故名。"没说可以吃。乾隆朝时的医学家赵学敏编写的《本草纲目拾遗》中，番茄还被写成为"金橘"，描述其性味乃"甘酸，微寒"，"生津止渴，健胃消食。治口渴，食欲不振"，把番茄当药用。这么说来，我们忽略了这个美味，比西方人晚了将近三百年！

　　信息的封闭，害人不浅。那时是信息缺乏传播手段，如今则是互相伤害，你封我微信抖音，我封你推特脸书，这种伤害，比少吃三百年番茄严重！ ■

萝卜

"萝卜青菜,各有所爱",这句话把蔬菜品类分成两类,一种是萝卜,一种是青菜,足见萝卜在全国人民心目中的崇高地位。今天我们就来聊聊萝卜。

萝卜这个名字,有趣得很,它居然是民间以讹传讹叫出来的。最早时萝卜叫"菲",《诗经·邶风·谷风》中就有"采葑采菲,无以下体"。这里的"葑"是指蔓菁,也叫芜青,潮汕称大头菜,而"菲"就是萝卜。两者都是根茎植物,叶子很漂亮,但吃的是下面其貌不扬的根茎,当根茎成熟时,叶子却呈衰败之势。这句话是邶地(今河南淇县、汤阴一带)这个地方的女人发出的感叹:你采蔓菁采萝卜,不会不要下面的根茎;我如叶子一样过了花样年华,可别忘了我也是有贡献的,没有叶子,何来根茎?弃妇用葑、菲自喻,指责丈夫不应"以其颜色之衰,弃其德音之善",此解释见朱熹《诗集传》卷二。古人说话,拐弯抹角。把萝卜叫"菲",诗意得很!

　　萝卜还被叫作"莱菔""芦萉""芦菔"。李时珍在《本草纲目》中把这些名弄清楚了，"莱菔乃根名，上古谓之芦萉，中古转为莱菔，后世讹为萝卜"。而这个"后世"，清朝的王鸣盛考证出来，从唐朝开始，民间就叫"萝卜"了。至于其他文绉绉的名字，只存在于文人的诗文中。把这些名字弄明白有利于弄清楚古人在说什么，因为涉及萝卜的诗词典故，多得很也有趣得很。还是日本人干脆，把萝卜叫"大根"，直白又好理解，也不错。

　　萝卜为半耐寒性蔬菜，温度低至零下 2 度 ~ 3 度也可生存，但长根茎时最合适的温度是 18 度 ~ 20 度；萝卜适于肉质根生长的土壤有效水含量为 65% ~ 80%，空气湿度为80% ~ 90%。土壤水分也不能过多，否则土中空气缺乏，不利根的生长与吸收。

　　吃到偏辣的萝卜，那是土壤过于干燥。看到裂开的萝卜也不要买，那是水分供应不匀的缘故。黑心萝卜和花心萝卜也没法吃，那是时旱时涝的结果。萝卜以土层深厚，土质疏松，据专家考证，萝卜的原始种起源于欧、亚温暖海岸的野萝卜，是世界古老的栽培作物。远在 4500 年前，萝卜已成为埃及的重要食品。萝卜是中国的原产植物，无须舶来。我们的文字记载萝卜比埃及人晚，并不说明中国人吃萝卜比埃及人晚。有胡萝卜这一叫法，就可以佐证萝卜是百分百的国货，这点自信可以有。

保水、保肥性能良好的沙壤土为最好，土壤的 pH 值以 5.3～7 为合适。符合以上气候、水分、土壤条件的地方，出产的萝卜不会差。广东清远连州城北、新会涯门镇甜水村的萝卜就是典型的优质产品，清甜无渣，或炖或炒，好吃得很！

萝卜带有一点辛辣，尤其是生萝卜，那是酵素反应，这种反应会形成挥发性的芥子油。萝卜酵素大多位于表皮，去皮可缓和辛辣，烹煮也可使酵素失去活性，把辛辣味减至最低并带来甜味。芥子油带来不好的味觉体验，却能促进胃肠蠕动，增进食欲，帮助消化。这一连串貌似不错的词语，也夹带着一个不雅的后果，就是放屁。李渔在《闲情偶寄》中还有这样的描述：

生萝卜切丝作小菜，伴以醋及他物，用之下粥最宜。但恨其食后打嗳，嗳必秽气。予尝受此厄于人，知人之厌我，亦若是也，故亦欲绝而弗食。然见此物大异葱蒜，生则臭，熟则不臭，是与初见似小人，而辛为君子者等也。虽有微过，亦当恕之，仍食勿禁。

嗳气，就是打嗝，看来吃萝卜，尤其是生吃萝卜，不仅容易放屁，还打嗝。上下一起来，确实有伤大雅。据汪朗先生考证，清末伺候慈禧老佛爷的侍女，举止必须得体，身上不能有异味，打嗝放屁之类，更是严惩不贷，因为这个原因，皇宫里少有萝卜。

不过也有反例。据说武则天年代，洛阳城外菜地产了一个大约三尺的萝卜，上青下白，进贡给了武则天。武则天让御厨们做菜。厨师们用山珍海味熬汤，萝卜切成细丝做成汤，武则天大呼过瘾，说此萝卜胜燕窝。此为洛阳燕菜，现在还在洛阳水席中唱主角，无它，萝卜丝汤也。

萝卜在民间素有"小人参"的美称，"冬吃萝卜夏吃姜，不劳医生开药方"。一到冬天，便成了家家户户饭桌上的常客。现代营养学研究表明，萝卜营养丰富，含有丰富的碳水化合物和维生素，其中维生素 C 的含量比梨高 8 ~ 10 倍。

维生素 C 可以从源头调控负责产出黑色素的络氨酸酶的合成过程，抑制络氨酸酶对于生成黑色素的催化，进而减少黑色素的沉淀。这是天然的美白产品！维生素 C 还能阻止脂肪氧化，防止脂肪沉积，这又是天然的减肥产品！问题是，维生素 C 遇热会被严重破坏，想要达到以上效果，必须生吃萝卜。而生吃萝卜不仅辛辣，关键还打嗝放屁，只能待一边去。

萝卜的膳食纤维，对身体大有好处。我们追求萝卜清甜无渣，这个渣，就是膳食纤维。萝卜老了或者放久的萝卜，纤维会木质化，影响口感，但正是这些木质素赋予了萝卜防癌抗癌

的功效：木质素提高巨噬细胞的活力，从而吞噬癌细胞！木质素的多种酶能分解体内的亚硝酸铵，而亚硝酸铵正是致癌物质。如此看来，有渣的萝卜又比无渣的好。

如何处理蔬菜的纤维素，是我们吃菜绕不过的难题。苏东坡就试验了一番，还研发了一道"东坡羹"，做法如下：

不用鱼肉五味，有自然之甘，其法以菘，若蔓菁，若芦菔，若荠，揉洗数过，去辛苦汁。先以生油少许涂釜缘及瓷碗，下菜汤中，入生米为糁，入少生姜，以油碗覆之，不得触。触则生油气，至熟不除。其上置甑，炊饭如常法。

把大白菜、蔓菁、萝卜、荠菜挤出汁，菜汁和菜渣加点米，下生姜少许，用油碗盖上，入锅蒸。这是蒸菜饭，油水都没有，实在寡淡得很。但苏东坡却满怀深情赋诗一首："我昔在田间，寒疱有珍烹。常支折脚鼎，自煮花蔓菁。中年失此味，想像如隔生。谁知南岳老，解作东坡羹。中有芦菔根，尚含晓露清。勿语贵公子，从渠醉膻腥。"

诗名为《狄韶州煮蔓菁芦菔羹》，是苏东坡落魄穷困之时的作品。从美食角度讲，清汤寡水，不可能好吃。

萝卜怎么做才好吃，几千年来研究得颇为透彻。李时珍说萝卜"可生可熟，可菹可酱，可豉可醋，可糖可腊，可饭，乃蔬中之最有益者"。把萝卜的做法大体罗列了一番。"大吃货"袁枚推荐了一种"猪油煮萝卜"，做法如下："用熟猪油炒萝卜，加虾米煨之，以极熟为度。临起加葱花，色如琥珀。"这比东坡羹不知好吃多少倍！

白菜

讲完萝卜，不说说白菜，说不过去。

考古学家在新石器时期的西安半坡原始村落遗址，发现了一个陶罐，里面有已经炭化的植物籽实，经鉴定是白菜籽和芥菜籽，距今约有6000年至7000年。这说明白菜产自中国，历史悠久。

奇怪的是，拥有如此资历的白菜，却长期销声匿迹，直到三国时才出现，那时它的名字叫"菘"。最早的记载见于三国时期的《吴录》：陆逊"催人种豆、菘"。南朝齐时的国子博士周颙，辞官隐居于现在南京的钟山。文惠太子问周颙"菜食何味最佳"，周颙回答："春初早韭，秋末晚菘。"这里的"菘"，就是白菜。为什么叫"菘"？陆游的爷爷陆佃在《埤雅》中做了解释："菘性隆冬不凋，四時长见，有松之操，故其字会意。"原来是看到冬天大白菜也能生长，有松树的风格，所以叫"菘"。

　　说冬天大白菜不凋谢，这应该是指江南一带。虽然白菜对低温的抵抗能力非常强，但气温在 –11 度左右时，仍会遭受冻害。在北方，11 月中旬以后，大白菜基本停止生长，必须尽快收获，否则就会冻伤，这不符合"隆冬不凋"的描述。可以这么说，南朝时，白菜还是生长在江南一带，之后才陆续北上，而白菜也因此不断改良，适应北方寒冷气候。

　　三国之前，不见白菜身影，倒不是北方不适合种大白菜，而是那时北方有一种菜很受欢迎，叫葵菜。所谓葵菜，也就是现在所说的冬葵，就是滑菜，广州叫潺菜。它在我国 2000 多年前的诗经中就出现过，《诗经·豳风·七月》中说"七月烹葵及菽"，葵就是葵菜，菽就是大豆。成书于先秦时期的《黄帝内经》中提出五菜的概念，列出葵、韭、藿（就是豆苗）、白菜比较耐寒，喜好冷凉气候，因此适合在冷凉季节生长。当昼夜温差超过10度时，有利于糖分的合成，所以经过打霜的白菜特别甜。白菜适于栽植在保肥、保水并富含有机质的壤土与砂壤土及黑黄土上。符合以上条件种植出来的白菜，就是优质产品。山东胶州大白菜、北京青白、河北徐水黄心大白菜、东北大矮白菜、山西阳城的大毛边等，南方的乌金白、蚕白菜、鸡冠白、雪里青等，都是优良品种。

大白菜含水量多，细胞之间气孔较多，稍为挤压或烹煮，水分流出，其他味道就进去了，所以很容易入味。

薤（就是藠头）、葱五种蔬菜，葵菜位居第一。西汉时成书的《急就篇》里列出了十多种蔬菜，葵菜也位居首位。在缺油的年代，富含黏液质、煮后滑溜溜的葵菜受欢迎，这可以理解。

唐代食疗学家孟诜就说过"北无菘菜，南无芜菁"，这说明白菜在唐代还未北伐，这一状态的改变缘于气候变化。气象学家考证，大约在公元1350年左右，也就是我国元朝统治时期，我国境内出现了大降温，低温时间延长，称"小冰河期"，导致北方原本种植的葵菜无法适应更加寒冷、更加漫长的冬季，北方农民纷纷选择更加耐寒的白菜。更高的产量、更好储存、更加好味，让白菜趁机登上了百菜之王的地位。李时珍在《本草纲目》中就说："古者葵为五菜之主，今不复食之。"

　　在元代白菜成为菜中主角之前，白菜也还是很受欢迎的。苏东坡就说"白菘类羔豚，冒土出蹯掌"，把白菜比作羊羔、猪肉和熊掌。而范成大则把白菜写绝了："拨雪挑来塌地菘，味如蜜藕更肥浓。朱门肉食更无风味，只作寻常菜把供。"这些都多少有夸张成分。史上白菜的最大粉丝，当算齐白石老先生，他一生最喜爱画白菜，并为白菜题有"牡丹为花中之王，荔枝为果之先，独不论白菜为蔬之王，何也？"

　　物以稀为贵，还未在北方广泛推广的白菜，文人还乐意这个"菘"那个"菘"几句。元朝之后，白菜成为头号当家菜，还叫什么"菘"啊？于是直呼其为白菜，叶菜中它偏白，故名。尽管名字诗意全无，但胜在贴近生活。

　　白菜能够成为菜中之王，除了便宜、方便，还有一个美食因素，就是不串味、易入味。不串味，就可以百搭。易入味，做法就多样。在缺油少肉年代，这种优点很重要！对现代人

来说，白菜更是一种健康菜。100 克白菜中含 9.4 克膳食纤维，对于主要成分是水的白菜来讲，含量不低。吃进肚子既有饱足感，还不被人体吸收，妥妥的减肥食品；富含维生素 C，可以阻止皮肤黑色素的沉淀，响当当的美容食品，前提是凉拌吃，因为维生素 C 遇热会被破坏。所含烟酰胺也是抗衰老神器，人体缺少烟酰胺，皮肤会变粗糙。至于钠、镁、磷、钾、钙等人体所需微量元素，含量也算高。

"大吃货"袁枚在《随园食单》提到："此菜以北方来者为佳，或用醋搂，而加虾米煨之。一熟便吃，迟则色味俱变"。袁枚在这里说了两种做法：醋溜白菜和虾米白菜。其实白菜并没那么难伺候，袁枚所说的一熟便吃，是为了吃到脆，但入味就会差一些。如果煮的时间长一些也没问题，白菜叶绿素很少，不存在长时间烹煮导致变色问题，相反，长时间炖煮，白菜的水分先出来，其他汤汁再进去，这更好吃。

也许是白菜太家常了，要做出比家里做的更好吃的白菜并不容易，况且卖不出好价钱，稍为上档次的餐厅，一般都不上白菜。城中一记味觉的鱼头炖白菜，是我一位同学要求他们做而且每到必吃的，很是入味，确实好吃！

还是说回白菜多次出场的南齐。据《南齐书·武陵昭王萧晔传》记载，大司马王俭去拜访武陵昭王萧晔，"晔留俭设食，盘中菘菜、鲍鱼而已"。这个鲍鱼，可不是现在的鲍鱼，而是咸鱼。萧晔是齐武帝的五弟，史载此人长得帅，善骑射，还是围棋高手，但就是爱发牢骚说怪话，不受武帝待见。武帝外派他出任江州刺史，这是个肥差。考虑到他出外镇，武帝想把萧晔的房子分配给诸皇子。晔曰："先帝赐臣此宅，使臣歌哭有所。陛下欲以州易宅，臣请不以宅易州。"

这么不听话，武帝在他到江州百余日后，借别人告发，把他免了职，"征还为左民尚书，俄转前将军，太常卿，累不得志"。有一年冬至，诸王到宫里与武帝贺节，唯独萧晔缺席。等到聚会散了，武帝回到后殿，他才姗姗来迟。问他原因，他说家里的牛老弱病残，拉不动车，他是走路过来的。一个怪话连篇的人，日子自然好过不到哪去，所以请大司马王俭吃饭，只能咸鱼白菜。管不住嘴巴，还想吃香喝辣？这个道理，古今通用！ ■

桂花入菜，人见人爱

这几天的广州，凉风习习，羊城的金秋如期而至。公园里、小区里，桂花飘香。

桂花的香味，是种似奶油和蜂蜜一般的甜馨，它的芳香成分主要是芳樟醇、紫罗兰酮和顺式罗勒烯。这些成分在不同品种中含量不同，所以香味也有所区别。总的来说，丹桂最香，更浓郁和甜腻，有点微醺上头；金桂稍微温驯些；银桂则淡雅了好多。桂花的这些香味成分，有的不溶于水，有的不溶于脂肪，这对于什么都想拿来吃的人来说，是个大难题。不溶于水和油，烹饪上就受到掣肘，炆炒炖煮煎炸，都没办法让它与其他食材融为一体。这些香味成分，口腔里的味觉受器还不容易尝得出来，但鼻腔里的嗅觉蛋白质可以感受得到，也就是闻得到吃不出来。幸好我们对味道的感知不仅仅限于味觉，嗅觉也参与了一部分。

　　经过几千年的努力，吃货们也只能把它用在甜品中，比如各种糕点、糖水，那是因为桂花的芳香成分自带甜味，与甜品一拍即合。吃货们还用桂花泡酒，做成桂花酒，那是因为桂花的芳香成分溶于乙醇，喝酒时可以喝出桂花香来；把桂花和茶叶混合，做成桂花茶，那是因为绿茶本身就富含芳樟醇，与桂花的芳樟醇相遇，就如亲兄弟相见，合拍得很，冲泡时既可闻到桂花香，又可尝到茶香。不论什么办法，大家只在乎桂花味道的浓淡，倒是鲜有讨厌桂花味道的，说它人见人爱，没毛病。

　　桂花清可绝尘，浓能远溢，吃货们在捣腾桂花如何入菜入茶入酒时，也努力证明桂花的诸多功效。比如说桂花可以除口臭，这是有道理的，桂花中的芳樟醇对于令人作呕的硫化烃、大蒜素、多硫化物有很强的掩盖不良气味能力。厕所里的除臭剂，主要化学成分就是芳樟醇。

桂花是常绿乔木或灌木，既高不可攀，又亲可及腰。桂花一开一大串，聚伞花序簇生于叶腋，根据花的颜色，分为金桂、丹桂和银桂，对应的颜色是黄色、橘红色和黄白色。桂花雌雄同株，如何分雌雄？看花的长短，同一串花中，短的是公的，长的是母的，两者香味没有区别。一到秋天，桂花全开。有一种四季桂，每2—3个月开一次花。还有一种月桂，每个月都开花。这些都是人工栽培改良的结果。不断的改良，让桂花可以适应更寒冷的气候，连北京也可以种桂花了，只是冬天时要为它特别保温。桂花太受欢迎了，全国就有八个城市把桂花当成市花，它们是苏州、咸宁、六安、信阳、杭州、桂林、威海、衢州。

说桂花可以治牙痛，则不太准确，但桂花确实是不错的护牙产品。有科学家做了研究，以 0.1% 浓度的芳樟醇加入含有 2% 的蔗糖培养基中，能 100% 抑制链球突变菌将蔗糖转变为葡萄聚糖，防止齿斑的生成。至于说桂花可以化痰散瘀，对痰饮咳喘、肠风血痢、经闭腹痛有一定疗效，我没研究，不敢下判断。反正不是我说的，信不信你自己看着办。

古人对桂花的喜爱，主要不是表现在吃上，而是对桂花常绿奇香赞叹不已，咏桂佳句层出不穷。当中"咏"得好的，首推唐朝宋之问的《灵隐寺》，诗中有"桂子月中落，天香云外飘"的著名诗句。桂花因此还有一个名字叫"天香"，杭州也以此标榜它们才是桂花中的王牌，毕竟灵隐寺就在杭州。

我个人最喜欢的是李清照的《鹧鸪天·桂花》，她写桂花："暗淡轻黄体性柔，情疏迹远只香留。何须浅碧轻红色，自是花中第一流。"她写的是"暗淡轻黄"的银桂，给桂花定位为"自是花中第一流"，连评比都不用了。

　　杜甫也写桂花，"无家对寒食，有泪如金波。斫却月中桂，清光应更多。仳离放红蕊，想像颦青蛾。牛女漫愁思，秋期犹渡河。"他所说的"寒食"，应该是糕点干粮之类，里面应该没有桂花，他心目中的桂花，是月中吴刚砍伐的桂花树，充满离愁别恨，否则，以杜甫这个穷吃货，小鱼小虾蔬菜竹笋，但凡可以填肚子的，他都"咏"个不亦乐乎。估计那个时候，大家还不知道怎么挖掘它的食用价值。

　　最早记载把桂花当食材的是屈原，他在《九歌·东君》中说："援北斗兮酌桂浆"。桂浆就是桂花酒，北斗星像个大勺子，所以可以"酌桂浆"。这说明至迟在战国时期，楚人就懂得用桂花泡酒了。当然，这个酒不是随便可以喝到的，屈原的这首《九歌·东君》，写的是祭祀太阳神的场面。桂花酒在祭祀这种重大活动出现，其贵重不亚于今日之茅台。

　　成书于清朝中期、记录扬州美食的《调鼎集》中有桂花糕的制作方法："取花，洒甘草水，和米舂粉，作糕。又，桂花拌洋糖、糯米粉，印糕蒸。"这里有两种桂花糕，一种用的是甘草水，一种用的是"洋糖"，就是白糖，红糖味会干扰桂花的香味，白糖纯度高，更可以突出桂花的香味。《调鼎集》还有桂花饼："取才放桂花，挤去汁，入糖捣烂，印饼。"这与云南制作花饼差不多。

　　清初充满小资情调的李渔，认为来客人时，煮饭一定要比平时精致，用什么办法呢？在《闲情偶寄》中写道："使之有香而已矣。予尝授意小妇，预设花露一盏，俟饭之初

熟而浇之，浇过稍闭，拌匀而后入碗。"这个花露，就是在花里提取的香水。用什么香水呢？他说了，浇饭的花露以蔷薇、香橼、桂花为好，因为它们的香味与谷香相近，而玫瑰的香味太浓，客人一吃就知道加了香。加了桂花香水的饭，是他独创的秘诀，客人一直以为谷种稀有。

把桂花香水拿来吃，这个想法有点奇特，但也不是李渔所独创。《红楼梦》第三十四回写道："袭人看时，只见两个玻璃小瓶却有三寸大小，上面螺丝银盖，鹅黄笺上写着'木樨清露'，那一个写着'玫瑰清露'。袭人笑道：'好尊贵东西！这么个小瓶儿，能有多少？'王夫人道：'那是进上的，你没看见鹅黄笺子？你好生替他收着，别糟蹋了。'"这个"木樨清露"就是桂花香水，进贡给皇上的，不知怎么就到贾府里了。

桂花露制法，清人顾仲《养小录》有记载："仿烧酒锡甑、木桶减小样，制一具，蒸诸香露。凡诸花及诸叶香者，俱可蒸露。入汤代茶，种种益人。入酒增味，调汁制饵，无所不宜。"看来桂花香水不仅仅是香水，还可以加进茶里酒里，做成另类的桂花茶和桂花酒。

香水的技术是 9 世纪阿拉伯人发明的，欧洲人把它发挥到了极致。对欧洲人来说，桂花的香味，充满东方神秘色彩。爱马仕出过一种香水，叫云南丹桂，灵感源于调香师的一次云南之行。桂花和红茶味混合着，香得矜持、绰约、缥缈，让这位调香师着迷。这个出口转内销的产品，卖出了高价，至于其香味与杭州产的桂花香水有无不同，只能请教爱打扮的女士们了。

给大家推荐桂花糖的做法：将桂花打落，找来一个玻璃瓶，一层桂花一层白糖，待糖融化，便是桂花糖。见糖不见花，是糖桂花的最佳状态。桂香清幽迷人，甘甜中带一丝咸味，层次丰富，唇齿留香。做糖水或糕点，加点桂花糖，清香得很！桂花糖藕、桂花糖芋苗、椰汁桂花糕、桂花条头糕、蜜汁桂花浸梨、桂花百合泥……都离不开桂花糖。一罐桂花糖，也就留下了一个秋季的美好！■

曾经贵如黄金的黄瓜

被誉为"清初六家"之一的诗人查慎行，在其《人海记·都下早蔬》中记载："明朝内竖，不惜厚值以供内庖。尝闻除夕市中有卖王瓜二枚者，内官过问其价，索百金，许以五十金。市者大笑，故啖其一。所余一枚，竟售五十金而去。"说明朝的太监，为讨皇上欢心，买菜不惜代价。除夕那天，有菜农拿出两根黄瓜卖，要价一百金，太监还价五折，菜农大笑，拿起一根黄瓜就啃。太监急忙掏钱，把剩下一根买了下来，价钱五十金！

老朱家打下江山，一向勤俭，这么奢侈，应该是发生在明朝后期，那时一两黄金相当于十两银子，一根黄瓜就花了五百两银子，真够贵的！没办法，几百年前北京的除夕，居然有黄瓜卖，肯定是温室种植，那时不叫温室，叫"火室"，真的是靠生火调温的，生产成本不低。物以稀为贵，市场只有两根，因为讨价还价还不见了一根，为讨龙颜大悦，只得出高价。此"王瓜"是黄瓜的别称，看来"黄""王"不分，不独广府人。

黄瓜喜温暖，不耐寒冷。生育适温为 10 度~ 32 度，一般白天 25 度~ 32 度，夜间 15 度~ 18 度生长最好，北方的冬季，要种黄瓜，只能用温室。古人知道黄瓜不耐寒，今人却多数不懂，从菜市场买来黄瓜，往冰箱一放，以为可以保鲜，殊不知却是让黄瓜冻伤。

黄瓜原产印度，后传至中亚，张骞出使西域时带到中国，那时叫胡瓜。胡瓜何时改为黄瓜，颇有争议。一说是十六朝时后赵石勒要求的。石勒是羯族人，认为胡字是看不起少数民族，禁用此字，所以改称黄瓜。此说法见唐朝本草学家陈藏器的《本草拾遗》。另一说来自唐朝人杜宝编撰的记载隋大业年间逸闻轶事的《大业拾遗录》，说是隋炀帝杨广所为，盖因老杨家祖上也是胡人。哪种说法靠谱，很难考证。

广府人连黄瓜也忌讳，广州话"黄"不吉利，事情办砸了，就是"黄了"，所以改叫"青瓜"。也对，黄瓜未成熟的时候是绿色的，我们平时吃的就是未成熟的黄瓜，叫"青瓜"名副其实。成熟后就是黄色，估计古人吃的是成熟的瓜，所以叫"黄瓜"。"老黄瓜刷绿漆——装嫩"，说的就是黄瓜这个生长过程。潮汕人叫"吊瓜"，黄瓜长在棚里，吊在半空，这个叫法，省事，不用去争论是黄是青，就如见人不好叫，不管叫"小姐姐"还是"老阿姨"，都容易得罪人。

市场上买黄瓜，有时会发现是苦的。黄瓜属葫芦科，葫芦科植物有葫芦素，葫芦素是苦的，苦是黄瓜的本味，野生的黄瓜就是又苦又丑。经过人类几千年的培育，把葫芦素去掉，就不苦了。

黄瓜鲜脆、多汁，可生吃，可腌渍，可凉拌，可榨汁，可炒可炖，可咸可甜，一经切开或咬嚼，便散发出如蜜瓜的迷人香气。这种香气是一种醛类物质，来自黄瓜的酵素：黄瓜含长链脂肪酸，长链脂肪酸没有味道，黄瓜被物理性破坏后，酵素开始工作，将长链脂肪酸分解为9个碳原子的短链，因此产生香味。

从美食角度讲，黄瓜怎么做都有这个迷人香味，所以怎么做都好吃。从营养角度讲，食用黄瓜的最佳方式是生吃：黄瓜富含维生素B2、维生素C、维生素E，这些成分遇热会受破坏。黄瓜里的维生素主要集中在瓜皮中，所以还要连皮吃！

有时发现黄瓜苦，不外几个原因。一是温度和湿度不适。当气温低于13度时，植株中的细胞渗透性降低，对养分和水分的吸收受到抑制，导致黄瓜易出现苦味；温度持续高于30度或湿度过大，植株在生长过程中发生了变异，导致其结出的果实变苦。二是营养不良。黄瓜在生长期间需要吸收较多的营养物质，如果土壤过于贫瘠，种出来的黄瓜带有较多的葫芦素，因此会发苦。三是阳光不足。黄瓜进入能够被食用的时期后一般都是青色，此时需要充足的光照，若光照强度不够，也会增加瓜果内的葫芦素的含量，从而产生苦味。四是品种原因。部分黄瓜品种在生长的过程中容易产生变异株，而变异株结出的大多数瓜果都带有苦味。也有的黄瓜品种，如北美黄瓜，为了方便运输，需要更硬更厚的皮。这种黄瓜

更接近于野生黄瓜，气味更浓，但果柄末端和贴近瓜皮部分含葫芦素较多，也会苦。

我们不是菜农，几乎不能从外观上判断黄瓜苦不苦，教你两个方法：挑选外观完整，看起来发育良好的，歪瓜裂枣不是什么好东西！做菜之前切点近瓜柄部分的黄瓜尝一尝，黄瓜苦，主要集中在这个部位。

黄瓜还是一种减肥食物。黄瓜的热量很低，每百克只有 16 千卡的热量，是热量最低的蔬菜。黄瓜中的含糖量低，蕴含的纤维素多，在降低糖分摄取的同时还能够占据一部分胃的空间，降低食物的摄入量。想减肥，吃黄瓜比吃水果靠谱多了！传说中的黄瓜可以阻止脂肪堆积，这靠谱吗？肝脏是营养代谢的枢纽，负责合成糖原、将多余的糖原转化为脂肪。

20世纪50年代，有研究者发现黄瓜中所含的丙醇二酸可以阻止糖类向脂肪转化，因此，可能有助于改善代谢、减轻体重。科学家拿小白鼠做了试验，发现一只体重为250g左右的小白鼠，要达到这个效果，需要注射0.09g的丙醇二酸。换算到人身上，一个体重60公斤的人一天要吃21g丙醇二酸，1公斤黄瓜含有1.7—10g丙醇二酸，以最大含量算，要达到这个效果，一天要吃两公斤黄瓜！这是撑死人的节奏，指望通过丙醇二酸减肥就算了吧。

传说中黄瓜切片贴脸可以美容，是真的吗？黄瓜含有维生素C等抗氧化物，理论上可以减少黑色素的形成、延缓皮肤衰老。遗憾的是，根据类似性质物质相溶的原理，皮肤是油性的，喜欢脂溶性物质，所以化妆品都是黏糊糊的。维生素C是水溶性的，直接把黄瓜往脸上贴，水和油不相溶，所以无法进入人体被吸收。

抗衰老不行，补水总可以吧？很遗憾，补水也做不到！黄瓜倒是富含水分，但皮肤的脂肪直接把水挡在外面，贴黄瓜片如果能够让水进入皮肤，那我们游泳、潜水，这些水也会进入皮肤，这些水可是不干净的啊！所以，黄瓜还是拿来吃好了，其他用途，就别多想了。

黄瓜的当季，在夏秋两季，查慎行所说的北京除夕吃黄瓜，不仅贵，味道也会稍逊一筹。皇上吃黄瓜，这倒是十分可信，有乾隆皇帝《黄瓜》诗为证："菜盘佳品最燕京，二月尝新岂定评。压架缀篱偏有致，田家风景绘真情。"

吃瓜皇帝诗真得很一般，我们吃瓜群众都可以看的出来。乾隆皇帝一生作诗四万多首，佳品不多，普通得如今日之黄瓜。可见，不论是谁，都要安分，否则，终有一日，会沦为笑话。

续说豆腐

从刘安算起，老祖宗们捣鼓了豆腐一千多年。老广也没闲着，也做豆腐、吃豆腐，而且讲究得很。有些做法和吃法，还形成了独特的地方特色，比如清远的水鬼重、客家的酿豆腐、潮汕的普宁豆干。

清远市浸潭、石潭一带，山清水秀，山泉水中含钙量高。当地人用精选的大豆和山泉水做豆腐，在豆腐制成后，用土榨花生油将豆腐炸至金黄色，豆腐内里水分充分、香滑宜人。再将炸过的豆腐放入山泉水中浸泡销售。这一沉，豆腐的重量就会增加，像"水鬼"一样重。当地的村民称这种豆腐为"水鬼重"。

烹制"水鬼重"，多以红烧或者炖为主。油炸过的豆腐，已经定型，不会因为长时间的炖煮而被破坏。红烧或者炖煮，让豆腐更入味，吃起来外面香，里面滑，且香味自然而浓郁，既嫩滑，又不失嚼劲。

客家酿豆腐，也称为东江酿豆腐，是客家名菜，据说与北方的饺子有关。客家人的祖先是中原人，客家人聚居区不适宜种小麦，面粉难得，于是把对饺子的念想转化成了酿豆腐。将油炸豆腐或白豆腐切成小块，在每小块豆腐中央挖一个小洞，用香菇、碎肉、葱蒜等佐料做成馅，填进小洞里，用砂锅小火长时间烹煮，就是客家酿豆腐。

集软、韧、嫩、滑、鲜、香于一身的客家酿豆腐，呈浅金黄色，豆腐的鲜嫩滑润，肉馅的美味可口，再加上汤汁的浓郁醇厚，让人欲罢不能。

　　普宁首先制作豆干的是普宁燎原镇光南村人，最早在明朝初期，传说还是陈友谅的军师何野云所授。豆干就是老豆腐，潮汕话"干"与"官"同音，做官也是潮汕人的奋斗目标，让小孩子多吃豆干，寄希望于长大后做大官，这一联想非常符合潮汕逻辑。为了把这逻辑坚持到底，每一块豆干中间还有一个内凹方形小印，以此象征官印。

　　普宁地处丘陵，依山傍水，水质清澈甘甜，这样的水做起豆干来，十分合适。与其他地方的老豆腐不同，普宁豆干原材料除了大豆，还有番薯粉，所以吃起来有点米豆腐的感觉。有的豆干还是黄色的，那是把豆干做好后用栀子上色，潮汕人称栀子为黄栀，黄色也带点官方色彩，这也是潮汕逻辑。

把整块豆干放入滚开的油鼎中炸，豆干一入油鼎，便开始冒泡，嗞嗞作响。片刻后，炸涨，皮呈赤黄色。捞起，刀切成四小块，此时见到的豆干是外焦内脆，白汽腾腾。用筷夹起，蘸上韭菜盐水或加上辣椒的卤咸汁，外皮柔韧、内肉嫩滑，香味久存唇齿之间。对普宁豆干描述最形象的，还应数我的学长，毕业于中山大学历史系，潮剧编剧大师张华云先生。他有诗一首赞美普宁豆干：

脆皮嫩肉气腾腾，
蘸以香椒热辣蒙。
难遽下咽频转动，
待吞落肚汗微生。
宜将温酒三杯下，
却把虚荣一笑轻。
美食珍馐随处有，
家乡风味最牵情。

把大豆变成豆浆或豆腐，是老祖宗的大智慧。大豆富含蛋白质、脂肪、氨基酸，在缺肉年代，它就是人类最佳的营养来源。但人体对大豆的消化和吸收非常有限，那是因为大豆含有抗营养因子，不溶性纤维和寡糖容易令人体肠道产生气体，所以大豆吃多了总放屁。将大豆浸泡磨浆，这是对蛋白质和脂肪进行萃取，抗营养因子和不溶性纤维就留在豆渣中，大豆的营养更好地被人体吸收。

制作豆腐的过程，也是大豆内部化学反应的过程：大豆含不饱和脂肪和能分解脂肪的酵素，两者互不侵扰。磨制豆子，大豆的细胞受损，两者突破各自的细胞壁，发生化学反应。酵素结合氧气，将含碳长链的不饱和脂肪分解为长度为 8 个碳原子的碎片。这些碎片带来类似禾草、油漆、硬纸板和酸败脂肪的气味，这种"豆味"令人不舒服。做豆腐时，把大豆磨成浆后尽快煮豆浆，那是高温把酵素灭活，不让他们侵扰脂肪，就没有令人不舒服的豆味！

以上三种老广豆腐，都有油参与煎炸，这在缺油少肉年代，实属不易，可见也不是平时的吃食。油煎油炸，高温让豆腐里的蛋白质分解为小分子的氨基酸，所以又鲜又香。

南宋林洪在《山家清供》中有"东坡豆腐"的制法："豆腐，葱油煎，用研榧子一二十枚，和酱料同煮。"也是油煎。林洪离苏东坡的时代很近，似乎不是杜撰，但翻遍东坡的文集，却未见东坡豆腐的记载，这个大美食家，但凡有个什么好吃的，都不吝惜文字大书特书，所以，这种油煎豆腐的做法，是不是苏东坡所发明，还得存疑。榧子是香榧树的果实，大小如枣，两头尖，呈椭圆形，油脂含量也比较高，与煎豆腐同煮，味道估计也不错。

古时的广东，与中原比，还属于贫困地区，那时候又没有扶贫措施，老广只能在可怜的吃食里尽量捣鼓多一些花样。豆腐多出自穷人的餐桌，所谓"贵人吃贵物，穷人吃豆腐"，说的就是这么回事。

　　纪晓岚在《阅微草堂笔记》中讲了这么个段子：一个叫申
诩的进士，"衣必缊袍，食必粗粝。偶门人馈祭肉，持至
市中易豆腐，曰：非好苟异，实食之不惯也。"缊袍就是
乱麻为絮的袍，穷人才穿的。申诩那时估计做老师，学生送
块肉给他，他拿去集市换豆腐，为了面子，说自己吃肉吃不惯，
估计一块肉可以换好多豆腐！

　　豆腐也进过宫里，那是明朝时的事。朱元璋乃贫困人家
出身，坐了江山后，规定每餐必有粗菜，目的是让子孙们知
民间辛苦，其中就包括了豆腐。

大豆含 20% 的脂肪、40% 的蛋白质和 30% 的碳水化合物。打成豆浆后，蛋白质就进到水里，但脂肪不溶于水，进不到水里。可是，豆浆并没有一层油浮在水上面，这是蛋白质在起掺和作用。蛋白质疏水端一头抓住油，亲水端一头抓住水，这些细微的小油滴就均匀地分布在水中，光线照射，就是奶白色。

蛋白质与蛋白质之间各自为政，互相连接不起来。北方加入盐卤水，就是氯化镁和氯化钙，南方加入石膏，就是硫酸钙，做内脂豆腐加入葡萄糖酸内脂，都是凝固剂，把豆浆里的蛋白质连接起来，一挤压，就成了豆腐。老祖宗做豆腐，就如在做化学实验，让大豆更好吸收、更有风味、更有口感，也更好烹制。

清代吴骞《拜经楼诗话》讲了一个故事，说明代翰林院是清水衙门，皇帝到别的地方赴宴，翰林们就向光禄寺索要已经做好的御膳，改善一下生活。有一年轻翰林去晚了，只端回一盘豆腐，大为懊恼。老翰林知道了，十分高兴，抢过来大快朵颐，原来这豆腐是用几百只鸟的脑髓做成的！看来，形式主义，古已有之。

物资匮乏年代已经成为过去，老广的餐桌也丰富得很，但食材真不必以贵贱排座次。那些以名贵食材、全城最贵为幌子的餐厅，晃你没商量！生活过日子，平凡才是常态，把平凡的日子过得精致，就如老广的豆腐，才有些意思。

山药，是煲汤还是清炒？

中国的地域太大，方言又多，山药、山芋、薯蓣，居然是指同一种东西，它还有其他名字，比如怀山、土薯、山薯、玉延、野薯、白山药……其实它的学名是薯蓣，这个名字太牛了，居然与两个皇帝的名字相冲：先是与唐朝皇帝唐代宗李豫，就是平定安史之乱的那位皇帝的"豫"字相冲，字不同，读音相同也不行，所以改"薯药"。后来又与宋朝第五位皇帝宋英宗赵曙"曙"字相冲，再次避讳叫"山药"。

河南焦作，古称怀庆府，这里产的山药公认天下第一，著名的铁棍怀山就是产自这里。怀庆府的山药，简称"怀山"。至于其他名字，奇奇怪怪，古人信息传播途径少，各自命名，导致名字繁多。其中"山芋"一名最易混淆，因为有的地方把番薯也叫山芋。现在，大家比较多的叫法是，山药！

　　块根植物多含淀粉，那是植物越冬储存能量的结果。山药也不例外，含16%的淀粉，这是山药的第一个作用：充饥。淀粉经过人体内的酶分解为糖，为人体提供能量，人类的酶分解不了生淀粉，所以山药不能生吃。煮熟的山药，不论是直链淀粉还是支链淀粉，都被糊化成单个分子结构，淀粉酶轻易地把它们分解为糖分。

　　有的山药绵，那是淀粉含量高。这种山药块头比较粗大，而且形状也不规则，各种各样的样子都会出现，表面比较粗糙，绵山药适合煲煮、清蒸。煮熟以后的绵山药口感绵糯，香气宜人，蒸熟后捣成泥，还可以做成各种样式的美味佳肴。《红楼梦》里，贾府的宴席上，山药被做成了枣泥山药糕、山药红肉丸子等，估计用的都是绵山药。

　　有的山药脆，那是水分含量高，长得细长笔直，经常与四季豆或者木耳等搭配做清炒时蔬，不仅美味，而且口感丰富。山药刨皮，很快变成褐色，那是多酚氧化酶接触到氧气发生化学反应。把它泡在水里，与氧气隔绝，就不会变色了。

　　山药的组成成分中含可溶性膳食纤维、淀粉酶、多酚氧化酶等物质，刨开山药皮，有一层黏液，这叫黏蛋白，能有效促进肠道蠕动、增强肠胃的消化吸收能力。这是山药的第二个作用：健脾助消化。山药中还含有尿囊素，有助于胃黏膜的修复，对于经常容易溃疡、肠胃功能较差、消化不良的人来说，多吃山药，也能起到较好的改善效果。《本草纲目》说山药"健脾胃"，靠谱！

　　山药含植物纤维，我们人体没有分解植物纤维的酶，无法消化，所以会排出去。排出去的时候也顺便带走了部分代谢废物。山药还含皂苷，皂苷有疏水端和亲水端。疏水端抓住人体内不溶于水的废物和脂肪，亲水端抓住水，一喝水，这些体内代谢废物和少量脂肪也就排了出去。说山药具排毒养颜的保健功效，也能扯上点关系，这就是山药的第三个作用：排毒养颜。《本草纲目》说山药能"润皮毛"，大概指的就是这个意思。

　　既能充饥，又能医病，这个东西自然大受欢迎，历代文人骚客对它咏个不停，元代著名画家、诗人王冕就有一诗："山药依阑出，分披受夏凉。叶连黄独瘦，蔓引绿萝长。结实终堪食，开花近得香。烹庖入盘馔，不馈大官羊。"

　　王冕把山药的生长过程和特征写得很清楚，最后说拿来做菜，"不馈大官羊"。这"大官羊"是什么意思呢？我们看陆游的一首诗："野蕨山蔬次第尝，超然气压太官羊。放翁此意君知否，要配吴粳晓甑香。"沈周有一幅白菜写生："昨夜南园雨，肥胜大官羊。党项销金帐，何曾得一尝。"古语"太""大"通假，看来这个太官羊或者大官羊，应该是御厨所做的羊肉！王冕说有了山药，就不用进献大官羊了，这个地位够高的。

　　把山药抬到更高地位的是苏东坡。他被贬到海南，用李逖的话说，"口里淡出鸟来"。一天，他的儿子苏过煮了一碗山药粥，苏东坡赞不绝口，命名为"玉糁羹"，说："过子忽出新意，

以山芋作玉糁羹，色香味皆奇绝。天上酥酏则不可知，人间决无此味也！"并赋诗一首："香似龙涎仍酽白，味如牛乳更全清。莫将南海金齑脍，轻比东坡玉糁羹。"

他说山药粥远胜金齑脍，这个"金齑脍"就是橙皮丝拌鱼生。张岱在《夜航船》中这样解释："南人作鱼脍，以细缕金橙拌之，号为金齑玉脍。隋时吴郡献松江脍，炀帝曰：所谓金齑玉脍，东南佳味也。"被隋炀帝称赞的金齑脍，都比不上他的玉糁羹山药粥，我看苏东坡确实饿得够呛！

林洪的《山家清供》呈现了山药粥玉糁羹另一个版本，"东坡一夕与子由饮，酣甚，槌芦菔烂煮，不用他料，只研白米为糁。食之，忽放箸抚几曰：若非天竺酥酏，人间决无此味。"这里把儿子苏过换成弟弟苏辙，把山药换成萝卜，酥陀与酥酏，倒是同样的东西，供佛的奶制品。林洪此说不可信，苏东坡有白纸黑字记载，不容偷梁换柱，估计林洪没读过这诗和序。

林洪把山药换成萝卜，我这山药爱好者不同意！ ■

再说芋头

　　芋泥，只是潮菜烹饪芋头诸多方式的一种，实际上，大江南北，芋头的烹制手法甚多，也广受欢迎，甚少有不喜欢吃芋头的。可以说，芋头是一种价位大众、外形憨厚、口感随和的国际性食物。

　　芋头，又名芋艿、毛芋，古代还称芋魁、蹲鸱等，是天南星科芋属多年生单子叶草本湿生植物。起源于中国、印度及马来半岛等热带沼泽地区。

　　中国栽培芋头的历史相当悠久，最早可追溯到公元前 7 世纪的春秋时期。在《管子·轻重甲》中有："且四方之不至，六时制之：春日傅耜，次日获麦，次日薄芋，次日树麻，次日绝菹，次日大雨且至，趣芸雍培。"

大概意思是说，四方的百姓不来投奔齐国的话，要抓住以下六个时节：春耕，收麦子，种芋头，种麻，除草，农田培土。抓紧这六个时节发放农贷，老百姓就会被贷款吸引到齐国来，这有利于齐国的建设和发展。这说明：一、当时已有国家农业开发贷款；二、当时已经开始种芋头了。又有芋头，又有贷款，还怕你不来？只能说，齐国的农民真幸福！

司马迁在《史记·项羽本纪》中写道："今岁饥民贫，士卒食芋菽"。这里的"芋"指芋头，"菽"指的是豆子。项羽被派去救援赵国的时候，军队由宋义统一指挥，停留了四十六天没有前进。停留期间，百姓荒年无收，军中粮食短缺，士兵只能以豆子、芋头充饥。看来，当时的芋头和豆子，也只是副食品，还不是主粮，虽然味道不错。

如此美味的美食，当然享有极高的美誉度。赞美芋头水平最高的，首推唐代诗人韦庄，他在《赠渔翁》中说："芦刀夜鲙红鳞腻，水甑朝蒸紫芋香。"渔翁夜晚回到家的时候，用竹刀切鱼做晚餐，味道如何？腻！早餐用带有孔的甑装好芋头，放在水上蒸熟，味道如何？香！一腻一香，高下立判。这两句对仗工整，卖芋头专门店拿去做广告，再合适不过。

赞美芋头水平排第二的，我推陆游，且看他的《对食戏作》："黄昏来扣野人扉，笑语欣欣意不迟。蔌火正红煨芋美，不妨秉炬雪中归。"

陆游黄昏去别人家里，看到人家正用碳灰煨着香喷喷的芋头，被吸引住了，一直待到夜晚。下雪了，拿着火炬照明回去也不妨事，估计吃了别人不少烤芋头。

喜欢吃烤芋头的不仅仅有陆游，南宋的范成大也算一个，所以他排老三，看他的《冬日田园杂兴》其十二："榾柮无烟雪夜长，地炉煨酒暖如汤。莫嗔老妇无盘饤，笑指灰中芋栗香。"大意是：漫长的雪夜，地炉煨的酒像热汤一样暖身。别怪老妇人盘中空空如也，碳灰中香喷喷的煨芋头和栗子，已经让人很知足了。有酒有芋头有栗子，就可以对抗严寒！

这些都是纯吃芋头，区别只是蒸和煨，味道未免寡淡，还是"大吃货"袁枚懂吃。他在《随园食单》中讲了芋羹的做法："芋性柔腻，入荤入素俱可。或切碎作鸭羹，或煨肉，或同豆腐加酱水煨。徐兆璜明府家，选小芋子，入嫩鸡煨汤，妙极！惜其制法未传。大抵只用作料，不用水。"用鸭、肉、鸡煨芋羹，这种做法，与现在浙菜的奉化芋羹差不多，据说这是蒋介石的最爱。我在上海的甬府和广州的江南渔哥吃过这道菜，味道确实不错。

芋头荤煮，除了与鸡鸭猪搭配外，与海鲜搭配，味道也不错。李时珍在《本草纲目》中说芋头"和鱼煮食，甚下气，调中补虚"。我对中医没研究，但这个做法，有蛋白质有淀粉，营养丰富。古人普遍营养不良，吃了确实可以"补虚"，现在大家营养过剩，且个个自信满满，吹拉弹唱不一定全会，吹谁还不会？所以，从物质到精神，都不"虚"，求个美味就好，至于食疗，就算了吧。潮菜中鱼头炖芋头，薄壳煮芋头，味道好极了。

最不靠谱的是唐代的《新修本草》。这是第一部由政府颁布的药典，对芋头的医疗功用作了详细记载，其中说芋头治闪腰："芋头去皮，生嚼食之，大者一枚，小者二枚。若不愈，次日再食之，一般食二次可愈，初起时食之尤为有效。芋头生嚼，味辛且涩口，而闪腰者嚼食则无异味。"芋头含草酸钙结晶护针，每 100 克中有 40 ～ 160 毫克之多，沉积在蛋白质消化酶存放处附近。生吃芋头，晶体会刺破皮肤，接着酵素会攻击伤口，引发剧痛。生吃芋头，闪腰没治好，倒弄出个大嘴巴！至于什么吃一次无效就再吃一次，生吃芋头又辣又涩，闪腰的人吃则感觉不到，这更是胡扯。

芋头可以有多种做法，就是不能生吃，这主要是人体无法消化生淀粉。生吃芋头，必然上面嘴巴肿大，下面拉稀不止。看看《新修本草》的作者，居然有 23 人之众，除了苏敬和一众太医外，排名靠前的是什么英国公李勣，太尉长孙无忌，潮汕菜做芋头，当然不止做芋泥一项，蔡澜先生说："芋头吃法，莫过于潮州人的'反沙芋'，入口松化甜美。"这个"反沙芋"，也很考功夫。首先要选足够粉的芋头，通常选择粉糯的荔浦芋头来做，头尾去掉，只要中间最好的那一部分。再炸芋头，过程中需要把握好火候。炸过头的芋头太过干硬，口感就不好了，芋头要炸到表皮金黄，刚刚熟即可。熬制糖浆更是急不得，要小火慢熬，不然容易熬焦，吃起来发苦。等到糖浆变得浓稠、气泡很小，就是放入芋头的最佳时机。最后把芋头和炸过的葱花放入糖浆中，马上关火，一边不停翻炒，一边迅速用风扇降温。

这个过程需要快速，翻炒和降温双管齐下，就慢慢出现一层白色的糖霜了。因有沙沙脆脆的白霜外壳，所以叫"反沙"。这种酥糯香甜、多层次口感带来的甜蜜和惊喜的滋味，吃过一次，终生难忘。

兼侍中辛茂将，太子宾客、弘文馆学士许敬宗，礼部郎中兼太子洗马、弘文馆大学士孔志约。看来，虽然有领导统领，有专家参与，也不一定靠谱！

芋头好吃，是因为粉糯，那种含水量高、淀粉含量低的"水芋"，令人扫兴。挑选粉芋，除了看品种和外观，挑红芽和切口呈粉状的之外，还有其他妙法。一是称重。同样个头，重的不粉轻的粉，因为淀粉的比重小于水。二是看芋头的切面。有的芋头切开卖，我们看芋头里面的纹路，紫红色的纹路越密越粉。这些紫红色的脉管，是酚类化合物染成的，淀粉含量越多，酚类化合物就越多。

芋头虽然美味，但吃多了却容易有胀腹感，令人不舒服。这是因为芋头中的支链淀粉含量高于玉米、马铃薯和甘薯，芋头淀粉比稻淀粉颗粒细很多，很容易被人体吸收利用。所以，芋头虽好，可不要贪吃哦！

还说芋头——
好酒好蔡的芋泥

  说了芋泥和芋头，蔡昊老师说，他来做不一样的芋泥。于是，约来几位好友，齐聚好酒好蔡，品尝芋泥宴。

  第一道芋泥——香草腊味芋泥：用广式腊肠和西餐用的香草，加上大量的牛油，做成了一道咸味芋泥。传统的芋泥，一般做成甜的，这道菜把它弄成咸的。来自广西荔浦的芋头、来自广东的腊肠、来自云南的黄牛肥肉，和来自欧洲的香草相遇，芋香、脂香、腊味香和草香混合，香得嘴巴爆胀，久久合不拢。芋头的绵糯和腊肠的颗粒感、牛油渣的碎片感，既有瞬间带来的香鲜冲击，又有越嚼越香的持续补充，让人欲罢不能。这是一碗要命的芋泥。

  做芋泥用猪油，这是习惯，而蔡昊老师居然用牛油，这确实令人脑洞大开。牛油比猪油香，那是因为牛吃草，草的各种香味让牛肉和牛油有更丰富的风味。但是，牛油含短链脂肪酸，有一股膻味，这是牛消化草留下来的副产品。尽管这股膻味比羊油轻好多，但还是令人不舒服，真的是成也萧何败也萧何。

做芋泥离不开油，不仅仅是为了增香，还是为了不粘牙。芋头粉糯，是因为富含支链淀粉，生的淀粉，分子之间不发生关系，各自为政，一经加热，它们就溶进水中，然后互相缠绕，形成一张网，而且是一张许多层的网。这张多层网络可以包住馅料，可以带来软糯口感，也当然可以包住牙齿牙龈和舌头。

脂肪的参与，从两个方面解决粘牙这个问题：一是脂肪破坏了淀粉网络的多层结构，烹饪时不停翻炒，脂肪渗入淀粉层，淀粉层中有水，水和油不相溶，所以多层淀粉网络变成淀粉与脂肪相间网络，降低了黏性。二是口腔分泌涎液，芋泥表面的油与唾液也不相溶，形成隔离层，淀粉网与牙齿接触机会减少了，便不粘牙。

蔡昊老师是如何留住牛油的香味，去掉牛油的膻味呢？香草这个时候派上了用场。短链脂肪酸也是脂肪，根据同性相溶原理，它可以溶解于其他脂肪中，香草含有的脂类物质，可以吸收带膻味的短链脂肪酸。仅有来自欧洲的香草还不够，蔡昊老师还用上了来自潮汕的另一个宝贝，也还是这个原理。原谅我就此打住，不要怪我，是蔡昊老师不让我说出来。

腊肠特有的香味，其实是特有的鲜味。生猪肉富含蛋白质，蛋白质是大分子，没有味道，但晒腊肉的过程，蛋白酶对蛋白质进行分解，于是，部分大分子的蛋白质变成了鲜味的小分子氨基酸。另一部分蛋白质还很顽强地坚守阵地，但是，一番翻炒，还有牛油参与，温度很快到达 120 度，这时发生了美拉德反应，那部分顽固的大分子蛋白质先是分解为多肽，接着又分解为带鲜味的氨基酸。

想起了城中刁嘴容太说的一个故事，说前几天他送了点生晒腊肠给老蔡，问老蔡好吃否。老蔡说拿去做产品增加收入了，把容太气得没胡子吹只能干瞪眼。我估计，这个腊肠，就在这里面。

这个菜的亮点就是大量的脂肪，而且是对健康有威胁的饱和脂肪酸。脂肪拥有的能量大约为每克 9000 卡路里，与糖类或蛋白质的每克 4000 卡路里相比，热量为 2 倍以上。猪油里的饱和脂肪酸已经算高的了，占了 40%，而牛油更高，占了50%，这让人想起以下恐怖的词语：肥胖、动脉硬化、心脏病、乳腺癌、大肠癌……当然，前提是过量食用。人类饥饿的历史

远远多过饱足的历史，脂肪是人类身体活动的重要能量来源，对脂肪的天然渴望，让人类天生地一尝到脂肪，大脑就产生"美味"的判断。我们不必谈脂色变，掌握好食用量和频次就可以了，遇到好酒好蔡的这道菜，值得吃！

第二道芋泥——芋泥酥：将芋泥和蓣薯泥、芝士搭配，在烤箱里烘烤，又香又甜又咸又腻。这是一种更趋于西式的味道，芋泥的细腻与蓣薯的柔韧，加上芝士藕断丝连般的缠绵，各自安分地扮演着自己的角色又互相衬托。食物是多元的，并非非此即彼，可以各自安好又互相衬托，前提是有好的烹饪。

治大国如烹小鲜，中美之间的关系就如这道菜，也应该可以和平共处，一个要伟大复兴，一个要再次伟大，一个强调共同价值观，一个说要构建命运共同体，政治家们如果吃到蔡昊老师这道菜，也许可以受到启发。

第三道芋泥——芋泥燕窝：这道菜的知识产权属于汕头东海酒家的钟成泉先生，蔡昊老师做了小小的改动——降低甜度。与喜欢脂肪一样，人类也天然地喜欢甜。传统的芋泥燕窝都很甜，以前潮汕人还将不够甜的甜味叫"痴哥甜"——弱得弱智般的甜！现代人对甜的口味偏好已经发生了改变，不喜欢太甜的食物，当然，还有部分人还是喜欢甜得发腻。众口难调，选择最大公约数，把甜度降下来是正确的。

味觉偏好不仅因人而异，同一个人在不同的年龄段，味觉偏好也是有差异的。科学家发现，味觉是由口腔里的蛋白质组成，也以细胞的形式存在，细胞会发生新陈代谢，成年时味觉细胞大概每隔 7 天会更新一次，随着年龄的增加，这种代谢会延缓——味觉细胞会死得快但长得慢，表现出来就是味觉迟顿，这种变化向两个极端发展，有人口味变重了，有人口味偏淡了。

对普通人来说，这好办。口味变重了，往菜里加多点调料就是，或者找口味偏重的餐厅，点重口味的菜。口味偏淡了，反向操作就是。但对厨师来讲，如果仅凭个人的偏好来调味，就很麻烦了：你不知不觉中口味变重了，按你的口味调味，客人就受不了。

听某粤菜名店某苑的厨师说，老板很敬业，经常自己试菜，总说不够味。厨师们按他的口味做出来的菜，他点头认可，但其他人却觉得咸得入不了口。老板又是权威，大家不好说，只能阳奉阴违，给客人吃的菜调味品减量。幸好老板不是厨师，如果厨师口味也变重了，没人纠正，后果不堪设想。

蔡老师年富力强，充满创造力，还没到味觉退化的年纪。蔡老师，愿你越老越风流，千万别变得重口味哦！■

北风潇潇，栗子飘香

进入12月，广州终于迈入冬季，全国人民也不用背着广东人民偷偷过冬了，这不，满大街飘着的栗香，就是入冬的"通知书"啊！对老广来说，栗子是和北方的冷空气一起来的，所以把栗子叫"风栗"。

栗子这种坚果，受欢迎程度，它称第二，没人敢称第一。这主要得益于其高达42%的碳水化合物含量，含淀粉和糖分，使得栗子既可充饥，又可当菜，还可当零食，味道还十分可口。

栗子的家族，还复杂得很，仅我国就有300多个品种。复杂的分类，就留给植物学家研究好了，作为吃货，我们只需要知道，栗子分北方栗子和南方栗子。北方栗子甜，适合当零食，南方栗子大，适合拿来做菜。

北方栗子主要分布在华北地区的燕山、太行山山区及邻近地区，包括河北、北京、河南北部、山东、陕西、甘肃部分地区及江苏北部。果形小，单粒平均重10g左右；肉质糯性，含糖量高达20%左右；果肉含淀粉量低，蛋白质含量高；果皮色泽较深，香味浓，涩皮易剥离。其中的佼佼者出自河北省兴隆、遵化、迁西一带，俗称迁西板栗，出口到日本，因在天津口岸出口，日本人叫天津板栗。

　　这种板栗含糖量高，适合做糖炒栗子，或者蒸熟后捣成泥，做成各种点心。糖尿病患者，就要尽量少碰了。

　　南方板栗主要分布在江苏、浙江、安徽、湖北、湖南、河南南部。这一地区，高温多雨，板栗坚果果形大，单粒平均重15克左右，最大可达25克，含糖量低，淀粉含量较高，肉质偏粳性，价格也低一些，多用作菜栗。

　　对糖尿病患者来说，想吃板栗，就选南方板栗！有一个诀窍让南方板栗更甜：采摘下来后，放几天再吃。板栗里的淀粉酶会将部分淀粉分解为糖分，所以会变得更甜。

　　栗子富含淀粉，很适合与脂肪搭配。潮菜中的板栗猪脚，广府菜的栗子焖鸡，就是例子。在广州，把栗子做得出神入化的，有两位师傅：瑰丽酒店广御轩的冯永标师傅，将栗子、莲子和香菇等酿入脱骨的乳鸽里，做成八宝乳鸽，香得直奔脑门，酥而不腻；万绿山语的小光头李师傅，挑选自然熟掉地上的栗子，与莲子用上汤焖煮入味，再用茶油加持，虽不见肉，但肉香栗香莲香交替轰炸，着实让人招架不住。

　　并不是所有栗子都可以吃的。我在奥地利旅行时，看到很多结满了形似板栗的树，这种东西欧洲人叫马栗。马栗含有大量的皂角苷，这种皂角苷叫作七叶树素，是破坏人体血红球的毒素，人体无法分解这种毒素，但是松鼠、猴子和鹿因为身体构造原因，可以抵御这种毒素，所以他们可以吃。中国也有野生品种，叫猴栗，潮汕人把栗子叫"猴力"，应该就是把这种猴子吃的栗子与人吃的栗子搞混了。

炒板栗这个做法，可谓历史悠久，最迟在宋朝时就有了。南宋林洪的《山家清供》就有"雷公栗"的记载："夜炉书倦，每欲煨栗，必虑其烧毡之患。一日马北廛逢辰曰：'只用一栗蘸油，一栗蘸水，置铁铫内，以四十七栗密覆其上，用炭火燃之，候雷声为度。'偶一日同饮，试之果然，且胜于沙炒者。虽不及数，可矣。"这个记载，详细地说了焖炒栗子的做法，而且提到沙炒，说明那时就有沙炒栗子，只是没有加糖。

林洪焖炒栗子，取七七四十九个，一个蘸水，一个蘸油，这比"加少许水和油"更加精确。林洪也意识到四十九这个数字不靠谱，所以说"虽不及数，可矣"。陆游在《老学庵笔记》里，提及一位"炒栗圣手"李和，称："**故都李和煼栗，名闻四方。他人百计效之，终不可及。**"说明当时就有炒栗子。北宋灭亡，工匠多数被掠往金国。多年后，南宋使者出使燕山，李和的两个儿子为故国来使送去十包栗子，不胜唏嘘。

历史上好多关于名人吃栗子的典故，现在推敲起来，甚有意思。还是陆游，老先生品得栗香欲罢不能，写出《夜食炒栗有感》："*齿根浮动叹吾衰，山栗炮燔疗夜饥。*"唤起少年京辇梦，和宁门外早朝来。他说老了，牙齿不好，晚上肚子饿了，只能吃点板栗顶一下肚子。想起年轻时在朝为官，在和宁门外等候上早朝，也是啃几个栗子顶肚子。看来评选爱吃栗子十大人物，应有陆游一席之地。

另一位栗子粉丝，则应算上苏东坡的弟弟苏辙，他说栗子糖炒栗子，是冬季街头的第一美食。把栗子埋在沙粒里，加糖浆炒，沙粒受热快而且保温，如果没有沙粒参与，仅靠铁锅传热，容易造成受热不均，有的栗子熟了，有的栗子不熟，沙粒的参与就解决了这个问题。

有人说这是为了大小栗子同时熟，这是没有依据的：同样的条件受热，当然是小的栗子先熟，大的栗子慢熟。幸好含淀粉量的食物，比如番薯、芋头、土豆，煮熟一点也不至于马上糊了。一锅糖炒板栗，等大一点的板栗熟了，小的板栗也没问题。

炒板栗时下点糖浆，并不是为了给板栗增加甜度，而是为了做广告：糖的焦香随风飘散，隔几条街都可闻到，连吆喝都省了！糖让栗子看上去油光闪亮，卖相更好！

有一种说法说糖可以粘去栗子表皮杂质，这也没有道理。糖粘在栗子表面，焦化后把手弄得黏糊糊、黑乎乎的，这比杂质更脏！有些小贩炒栗子时，可能会添加工业石蜡，以达到外表光亮。所以，吃糖炒板栗，最好先用纸巾擦一擦。当然，别人剥，你负责吃，更好！

可以治腰脚病，为此还写下《服栗》一首："老去日添腰脚病，山翁服栗旧传方。经霜斧刃全金气，插手丹田借火光。入口锵鸣初未熟，低头咀嚼不容忙。客来为说晨兴晚，三咽徐收白玉浆。"他这是生吃栗子，说得有板有眼，嚼到口出白沫，分三次慢慢咽下去。这是他自己的说法，没有医学上的普遍意义，有人张冠李戴，把这事说成是苏东坡，更是瞎扯。

还有一位说栗子治腰疼的粉丝，明代名巨、诗人、画家、状元吴宽，他也赋诗《煮栗粥》咏赞栗子的功效："腰痛人言食栗强，齿牙谁信栗尤妨。慢熬细切和新米，即是前人栗粥方。"

这一切的始作俑者，来自唐代孙思邈，他说"栗，肾之果也，肾病宜食之。"李时珍在《本草纲目》把栗子与莲子比美，称"其仁如老莲肉"，"栗治肾虚，腰腿无力，能通肾益气，厚肠胃也"。大概是因为坚果的外形，与肾有点像，以形补形，就想到补肾。栗子的成分不外乎淀粉、糖、脂肪、蛋白质、维生素、植物纤维和一点矿物质，这些东西怎么也和补肾扯不上关系。说栗子补肾，信不信由你，反正我不信。

栗子，给我们带来美味和营养，这就够了。怎么样，你不来几个？

日啖荔枝三百颗

　　广东荔枝细分起来有近 60 个品种，但公认的名优品种也就是桂味、糯米糍、仙进奉和挂绿。

　　桂味荔枝以细核、肉质爽脆、清甜、有桂花味而闻名。清代鹤山举人吴应逵在《岭南荔枝谱》中记载："桂味产番禺萝冈洞牛首山最盛"。这里所说的萝冈，也就是现在的广州市黄埔区罗岗镇，但增城、东莞、新会等地也很多，中山、番禺、南海、顺德、清远、从化、高明、鹤山、开平、宝安、高州、普宁、潮安、廉江等地均有栽培，其中以广州罗岗镇所产最著名。

　　糯米糍荔枝，又称米枝，古称水晶丸。该品种果形较大，呈偏心脏形，歪柄，色泽鲜红间蜡黄，果皮棘感不明显，果肉乳白色、半透明、丰厚，口感嫩滑，味极清甜，核瘦小，自然糖分高。

仙进奉荔枝，原产于增城仙村镇基岗村，后由广东省农科院果树研究所选育推广。仙进奉荔枝为迟熟荔枝品种，果实在 7 月上中旬成熟，比糯米糍迟熟 7 ~ 10 天。雨少天热的时候，仙进奉和糯米糍常提前上市。丰产性能好。果较大，单个在 25 克左右，果肉厚，有蜜香味，味清甜，裂果少。

挂绿荔枝果实扁圆，不太大，通常 0.5 千克有 23 个左右。果蒂带有一绿豆般的小果粒；蒂两侧果肩隆起，带小果粒侧稍高，谓之龙头，另一边谓之凤尾。果实成熟时红紫相间，一绿线直贯到底，"挂绿"一名因此而得。果肉细嫩、爽脆、清甜、幽香，特别之处是凝脂而不溢浆，用纸包裹，隔夜纸张仍干爽如故。

屈大均在《广东新语》所说："挂绿爽脆如梨，浆液不见，去壳怀之，三日不变。"增城挂绿以文献正式记载至今已有 400 多年的历史。据乾隆年间县志记载，原产于增城新塘四望岗，嘉庆年间因官吏勒扰，百姓不堪负重而砍光挂绿荔枝，只存县城西郊西园寺（现荔城挂绿广场）一棵至今。"西园挂绿"弥为珍贵，现在市场上的挂绿荔枝，主要是从它身上嫁接出来的后代子孙。

杨贵妃吃的荔枝，是广东的还是四川的？

史上为荔枝做的最早的广告，非杜牧莫属。他的《过华清宫》三个七言绝句，其中一首："长安回望绣成堆，山顶千门次第开。一骑红尘妃子笑，无人知是荔枝来。"杨贵妃因此成为史上荔枝第一粉丝，虽然是背负骂名。杨贵

妃身处长安或洛阳的宫中，她想吃荔枝的话只能从外地运来，那么杨贵妃所吃到的荔枝是从几千里之外的岭南运来的吗？正史之中并没有明确的记载，历来关于杨贵妃所吃的荔枝产地有岭南和巴蜀两说。

岭南说的证据，主要是与杨贵妃同时期的诗人作品，如诗圣杜甫的"忆昔南海使，奔腾进荔枝"（《病桔》）、"炎方每续朱樱献，皆是岭南贡荔枝"（《解闷》）。鲍防的《杂感诗》："五月荔枝初破颜，朝离象郡夕函关。雁飞不到桂阳岭，马走皆从林邑山。"还有中唐人李肇所编撰的《唐国史补》："杨贵妃生于蜀，好食荔枝。南海所生，尤胜蜀者，故每岁飞驰以进。"说的都是杨贵妃吃的荔枝是从岭南运来的，另外北宋编撰的《新唐书》和司马光的《资治通鉴》也都认为是岭南的荔枝。至于说杨贵妃身边的太监高力士是高州人，由他推荐家乡荔枝给杨贵妃，高州还因此声明杨贵妃吃的荔枝是高州荔枝，这纯属戏说。

巴蜀说的证据，主要是当时的四川也盛产荔枝，主要集中在涪州、巴州（今四川巴中）、通州（今四川达州）一带，杨贵妃喜欢吃荔枝也是因为故乡盛产荔枝，从小就爱吃荔枝的缘故。通过"荔枝道"（子午道），巴蜀荔枝能够在2—4日之内运达长安，保证荔枝的新鲜。现存的唐代巴蜀进贡荔枝的资料，仅有元稹的《元氏长庆集》卷三九《浙东论罢进海味状》："臣伏见元和十四年，先皇帝特诏荆南令贡荔枝。"宋朝开始，较多人认为杨贵妃吃的荔枝是来自杨贵妃的故乡巴蜀。

2015 年，华中农业大学园艺系硕士王小丽发表了《荔枝水溶性提取蛋白及柑橘 Citsh1 蛋白促炎效果评价研究》，文中称从荔枝中提取到了水溶性蛋白，喂给小白鼠，发现小白鼠的促炎因子显著提高，结肠和肺部组织出现炎症。正常情况下，人体的抗炎因子和促炎因子是动态平衡的，过量吃荔枝，荔枝中的水溶性蛋白让身体里的促炎因子提高，抗炎因子不足，打破了平衡，各种发炎，就是"上火"。

苏轼的《荔枝叹》: "唐天宝中,盖取涪州荔枝,自子午谷路进入。"蔡襄的《荔枝谱》就说: "唐天宝中妃子尤爱嗜,涪州岁命驿致。"

古人的说法,多数靠猜,互相矛盾,也难以取舍,我们不妨从交通上来考证。唐朝时广州到西安的官道,有五六千里长。唐朝二十里设一驿站,以最快传递军事情报的速度,一驿换一人,三驿换一马,一天可以走五六百里。如果从广州到长安,也要八天以上,荔枝早就坏了。走巴蜀的子午道,也就二千里,四天可以到。所以,我更相信,杨贵妃吃的荔枝,来自于四川。

"罗浮山下四时春,卢橘杨梅次第新。日啖荔枝三百颗,不辞长作岭南人。"苏东坡的这首《食荔枝》,可谓史上荔枝最佳广告。旷达的苏东坡,一贬再贬,来到惠州,他坚决贯彻"此心安处是吾乡"的信条,遂把它乡当故乡,让政治对手对他无可耐何。有人说当时苏东坡听不懂当地话,把"一啖荔枝三把火"听成"日啖荔枝三百颗",并写进诗里。这当然是戏说,纯属玩笑。

荔枝吃多了容易上火,但也不至于"一啖荔枝三把火"。不过,如果"日啖荔枝三百颗",一天吃十几斤荔枝,绝对会上火。中医认为荔枝属于温性,多吃就会引起体内的阳气过剩而出现上火,在中医的范畴内属于饮食不节、积久发热的类型。主要表现就是出现牙龈肿痛、口腔溃疡、小便短赤、心烦易怒,有的会出现口苦、口臭、头疼、眼干、失眠等症状。

传说中各种防荔枝上火的办法,多数是胡说。荔枝冷藏再吃,冷不是去火,是低温让果糖里不太甜的分子向甜的分子靠近,从而将甜度提升;吃荔枝蘸酱油或盐水,是让咸和甜有个对比,咸又可以压制荔枝中的果酸,更彰显了甜;多喝水,是冲淡身体瞬间摄入的果糖量,避免引起"荔枝综合征",出现低血糖;至于蘸大蒜酱油,是增加蒜氨酸香味,纯属个人喜好,如果你喜欢,还可以蘸老干妈呢!

防止吃荔枝上火,没其他办法,唯一的办法就是少吃。再好吃的东西,也要适可而止,没有节制,麻烦总会找上门。■

也说杨梅

从四月中下旬开始，朋友圈里杨梅就开始出没，从最早的云南红河州石屏杨梅，到五月中旬的富民杨梅、福建漳州的浮宫杨梅，而踏入六月上旬，就到了无锡大浮杨梅、马山杨梅和浙江仙居杨梅登场了。紧跟着六月中旬，湘西的靖州杨梅，中下旬，汕头的乌酥杨梅、温州的丁岙杨梅、荸荠种的余姚杨梅又该登场了。到了七月上旬，被称作"东方之魁"的杨梅王，浙江台州的黄岩东魁杨梅也开始崭露头角。压轴出场的是浙江舟山的定海晚稻杨梅。天热少雨的时候，杨梅季比往年来得早一些，加上物流发达，各种杨梅刷屏朋友圈。看一个人混得好不好，就看有没有人给他送杨梅。

　　杨梅是我国土生土长的、最古老的水果之一。在全世界的杨梅科属植物里，我国占了将近一半的品种。杨梅在中国分布的省份有云南、贵州、浙江、江苏、福建、广东、湖南、广西、江西、四川、安徽、台湾等地。1973年，余姚境内发掘新石器时代的河姆渡遗址时，就发现杨梅属花粉，说明在7000多年以前该地区就有杨梅生长。从物种起源的角度看，则可以把杨梅往前推到530万年前，那时杨梅就已经在我国西部山地形成物种。有学者猜测，直到喜马拉雅山脉隆起，横断山脉形成，引发我国南部地区亚热带生态环境剧变，杨梅才从西南部逐渐向北方、东方迁徙。从这个角度看，西南才是杨梅的老家。

　　杨梅主要生长在山地，过高或过低的海拔都会对杨梅的生长造成影响。杨梅尤其喜好红色和黄色的泥土。东北的黑土地虽然肥沃，却难以种出杨梅。杨梅偏爱温暖湿热的气候，但太过炽烈的阳光又会灼伤杨梅的表面果肉。所以，越是多雨多云，杨梅越喜欢。同一座山头上，北面坡地的杨梅也会比南面的更好吃。

　　哪个地方的杨梅最好吃？讨论这个问题，估计容易引起争吵。"闽广荔枝，西凉葡萄，未若吴越杨梅。"苏东坡说江苏、浙江的杨梅好；"杨梅，会稽产者为天下冠"，明朝翰林王象晋在《群芳谱》中说杨梅还是浙江的好；《五杂俎》说太湖沿岸产的白杨梅"甘美胜常"。白杨梅果酸最多，是杨梅中最酸的。我怀疑谢肇淛这个明代博物学家、广西右布政使没吃过别的地方的杨梅。"昆明杨梅名火炭梅，极大极甜，颜色黑紫，正如炽炭。卖杨梅的苗族女孩常用鲜绿的树叶衬着，炎炎熠熠，数十步外，摄人眼目。"汪曾祺说昆明的杨梅最好。看来，哪里的杨梅好吃，从古到今，就吵个不停。

在我看来，杨梅之所以那么迷人，就是因为它既有甜的滋味，又有酸的骨架。酸甜平衡是衡量杨梅好吃与否的一项指标，这方面，龚自珍就很有见地："杭州梅舌酸复甜，有笋名曰虎爪尖。笔以苏州小橄榄，可敌北方冬菘腌。"以这个指标看，荸荠种是酸甜比最接近完美的。影响杨梅风味的另一个关键因素是杨梅里果肉的含量，这与杨梅的大小、果肉厚度占比有关，比如台州的东魁杨梅，结出的果实最大，果肉最多。

影响杨梅风味的最重要因素是采摘时间。杨梅生长早期变化缓慢，直到转色期的到来，杨梅才会迅速膨大，糖分和花青素也会迅速累积。从白色转为红色再到最终熟透，一颗杨梅只需要8天的时间，每一天的风味都是质变的叠加。而等到它真正从树上脱落，便会开始迅速衰老。所以，如果采摘过早，便会错失杨梅在转色期的风味爆发；如果时间晚了，杨梅的风味也随着衰老周期渐渐流失了，杨梅的运输过程，也就是其衰老味散的过程。所以，最好吃的杨梅，一定是长在离你最近的枝头上，吃在口里时酸甜最合你口味偏好的那一颗。

　　杨梅好吃，但杨梅也不好侍候，这主要是因为杨梅的果肉完全裸露，连简单的一层保护层都没有。这样的后果很严重，首先就是碰撞使梅梅受损，加速了杨梅的腐烂过程。其次，完全裸露的果实，成为果蝇孵化的温床，果蝇把虫卵藏进杨梅，孵化出果虫，果虫以杨梅为营养源，逐渐长大。

　　杨梅里的果虫，是水果里之冠，要想杀虫，必须用农药，没有果虫的杨梅，又怕农药残留超标……因此，再好的杨梅，也必须清洗干净，办法是先用小苏打再用盐，盐和小苏打都可以把果虫赶出来，果虫适应酸性环境，小苏打的强碱性和盐的杀伤力，都可以让果虫"离家出走"，但盐的渗透压又把残留农药进一步渗透到果肉里。

正确方法是把杨梅倒进放有小苏打和面粉的水里泡十分钟，小苏打的碱性让果虫不适应，果虫会跑出来。农药是脂溶性的，小苏打可以分解部分农药残留。面粉增加了摩擦力，也有利于清除农药和果虫。用清水再次冲洗杨梅后，再用盐水泡十分钟，可以进一步清除果虫，再用清水洗一遍，就可以放心食用了。未经清洗的杨梅，不要放进冰箱，低温会把果虫冻死，再清洗它就爬不出来了，除非你喜欢吃果虫——也不是不能吃，毕竟果虫也是蛋白质。

杨梅好吃，但也不宜一次吃太多，这个道理与荔枝一样：杨梅里的可溶性蛋白会引起人体促炎因子升高，破坏抗炎因子与促炎因子的平衡，从而引发炎症。

史上好杨梅且吃出病的，左宗棠算一位。传说他到苏州，刚好是杨梅季节，有人送来洞庭山杨梅，左宗棠一口气吃了一筐，第二天即病倒不起。手下的人把送杨梅的人抓来，打了一顿。后来左宗棠病好了，知道此事，又把打人的手下打了一顿。左宗棠是个明白人，人家送杨梅是好意，自己管不住嘴，又怎么能怪别人？

杨梅吃不完，泡酒是不错的选择。杨梅的甜来自葡萄糖和果糖，酸来自柠檬酸、苹果酸、草酸和乳酸，除此之外的特殊味道，来自蒲公英赛醇、α－香树脂醇、β－香树脂醇、蛇麻脂醇和内消旋肌醇，酒的主要成分是乙醇。根据同性相溶原理，这些风味物质通过浸泡会被酒萃取出来，所以特别有杨梅味，反而减弱了酒味，这也是杨梅酒好喝的原因。

有人说成语"望梅止渴"里的梅是杨梅，这是张冠李戴。"望梅止渴"典出《世说新语·假谲》："魏武行役，失汲道，军皆渴，乃令曰：'前有大梅林，饶子，甘酸，可以解渴。'士卒闻之，口皆出水，乘此得及前源。"曹操用梅引诱大军继续前进的地点，在今天安徽省马鞍山市含山县的梅山村，此地既产杨梅，也产青梅，看似都有可能，但是，古人说杨梅，一般必带"杨"字，单说"梅"的，应指青梅。这个问题，沈括在《梦溪笔谈·讥谑》中下了结论："吴人多谓梅子为'曹公'，以其尝望梅止渴也。"

　　杨梅树形似水杨子，果味似梅子，各取一字，所以叫"杨梅"。关于杨梅，《世说新语》记载了一件趣事："梁国杨氏子九岁，甚聪惠。孔君平诣其父，父不在，乃呼儿出。为设果，果有杨梅。孔指以示儿曰：'此是君家果。'儿应声答曰：'未闻孔雀是夫子家禽。'"用现在的话说，大意是：在梁国，有一户姓杨的人家，家里有一个九岁的儿子，很聪明。有一次，孔君平来拜见他的父亲，刚好杨父不在家，孩子出来迎接客人。孩子给孔君平端来了水果，其中有杨梅。孔君平指着杨梅对孩子说："这是你家的水果。"孩子马上答道："我可没听说过，孔雀是先生您家的鸟啊！"

　　孔君平是孔子第 26 代后人，晋朝人，官至廷尉，相当于最高法院院长。《世说新语》里这次提到杨梅，连"姓"都有，而"望梅止渴"那次提到的"梅"就不带"姓"，还是分得很清楚的。这个历史公案，从《世说新语》始，也从《世说新语》找到答案，这个说服力，应该够了吧！■

也说桃子

进入七月，朋友圈就被粉红色覆盖，各种水蜜桃陆续上市，这是一场跨越了几乎整个国度的甜蜜接力，也是举国桃痴们盛夏的舌尖狂欢。

/ 哪里的蜜桃好吃？

中国是桃子的故乡，大半个中国都是桃子的产区，但说起水蜜桃，必须说到上海。早在明朝嘉靖年间，进士顾名世就从北方引进桃树，在私家园林内培育出露香园水蜜桃。此后露香园衰败，水蜜桃经过多次迁移，从城西南的黄泥墙，到上个世纪初的龙华一带，最终在上海南汇安营扎寨。这就是著名的南汇水蜜桃。

光绪初年，浙江奉化人从上海黄泥墙引种水蜜桃，并且青出于蓝胜于蓝，种出著名的奉化水蜜桃——玉露。玉露水蜜桃，个头不大、外表青白，不懂行的以为是毛桃野桃，然而咬开轻薄如纸的外衣，丰盈甜蜜的汁水汩汩而出，独特馥郁的香气萦绕鼻尖，简直是琼浆玉露。

奉化水蜜桃来自上海南汇，在浙江扎根后，再传入江苏，这就是著名的阳山水蜜桃。太湖，给了阳山湿润的气候，地处北纬30°，雨水充沛。一座亿年前形成的古火山，为当地带来丰富的温泉资源和火山灰覆盖的优质土壤。得天独厚的地理环境，使得阳山拥有一条适合各类水蜜桃生长的时间线，让蜜桃控们的幸福曲线得以拉长：早熟的雨花露，是初夏第一抹清爽甜美；中熟的白凤多了几分风味累积，甜度更高，口感也更加丰富，最大的"桃王"一颗能达1斤多重；晚熟的湖景更是甜软到了极致，能用吸管插着，直接喝上一杯天然桃汁。

上海南汇水蜜桃除在国内演化出奉化玉露和江苏阳山水蜜桃两个优良品种，还在海外开枝散叶。美国的"爱保太和红港"就是1850年从上海引进的，日本著名的"大久保""白凤"等品种是在1875年由上海水蜜桃改良的。我国又从日本引进。今天，大久保桃成为中国北方种植最普遍的品种，白凤水蜜桃上市则是南方水蜜桃进入全盛期的标志。

与南方水蜜桃系出上海南汇不同，北方的水蜜桃则要久远得多，是南方水蜜桃的祖宗。河北的深州，早在汉高祖时代的公元前195年，就因产桃而被命名为"桃县"，即便是现在，深州市前磨头镇仍有桃园村、桃城口等与桃有关的村庄。明万历年间，深州蜜桃成为宫廷必备贡果，也成为帝王后妃赏赐文武大臣的上乘佳果。这与大太监冯保是深州人有关。

　　除了历史悠久，深州蜜桃的生长环境也特别优厚。年降水量 524 毫米，无霜期达 190 ~ 200 天，西部滹沱河故道上拥有 3 米多厚的沙质土层，地下水浅且丰沛，利于蜜桃生长。北方气候温和，深州的"红蜜"要到每年八月中旬以后才能上市，成熟后向阳面的色彩如红霞，果顶有明显的尖尖，果肉乳白色或淡黄色，近核处有紫红色射线，初见就香艳动人。

　　深州蜜桃无论红蜜还是白蜜，都具有个头硕大、色泽鲜艳、肉质鲜嫩、口味香甜的特点。含糖量高达 18%，汁浓，用刀切开后果汁凸出果面而不外溢。自古就有深州蜜桃"刀切不流水，口咬顺嘴流"的说法。

　　上海有南汇桃，北京也不甘寂寞，有平谷大桃。平谷境内共有常年河和季节河 10 多条，年均径流量 4.5 亿立方米。地下水资源丰富，储量达 4.5 亿立方米，属于独立水系，且水质好，无污染，有"神水"之称。

也说桃子

平谷为三面环山、西南开口的敞开型地形，日照充分，昼夜温差大，有利于桃子在树上充分吸收营养。此外，平谷区大桃种植区的土壤独特，周边群山有大量富钾火山岩，为大桃提供了大量的微量营养元素。独特的地理环境，塑造了这片面积达到 22 万亩的中国最大桃园。

平谷大桃生产栽培历史悠久，明清时期已有皇家贡桃的传说，解放前已有成片桃园栽培。平谷大桃中，最广为人知的品种当属大久保。久保桃个头大，桃味浓，汁水足，肉质饱满，酸甜平衡。此外，庆丰（北京 26 号）、京艳（北京 24 号）、燕红（绿化 9 号）、八月脆（北京 33 号）、艳丰 1 号、陆王仙、华玉、大红桃、二十一世纪等白桃品种，也各具特色。总之，在平谷，一整个夏天，光吃桃都能吃到饱。

我们把视线向东，就是蜜桃的另一个优质产区山东。山东产桃最有名的是肥城。这座鲁中小城，坐落在泰山西麓，境内水系分属黄河流域与大汶河流域，地貌类型复杂多样，温带大陆季风气候，四季分明，光照充足，气候温暖。年日照时数 2607 小时，年平均气温 12.9 度，无霜期 200 天左右，平均降雨量 659 毫米，拥有得天独厚的桃子种植条件，更有着千年的种桃历史。

肥城桃简称"肥桃"，果形端正、美观，呈圆球形，果尖稍凸，缝合线深而明显，梗洼深广，两半对称。成熟后果面底色米黄色，部分阳面有红晕。山东出品，什么都大，肥桃果实肥大，可达一斤半一个，绝对把你吃撑。不

同于水蜜桃的绵软，肥城桃即便是蜜桃，软中也带有些许生脆，保留着桃子的质感，甜又甜得恰到好处，香也香得纯粹自然。

从山东往西南一千多公里，我们再跨越到西南，就是著名的龙泉驿水蜜桃。龙泉驿，位于成都的东部，背靠龙泉山脉。成都平原"两山夹一原"的格局，使得境内温暖湿润，终年难见飞雪，而龙泉驿的水蜜桃正是种植在龙泉山脚，构成一道南北绵延30余公里的细长水蜜桃种植带。

龙泉驿水蜜桃生长在温暖湿润、光热充足、以黄壤土或紫色土为主的龙泉山脉的低山和浅丘地区，土壤营养丰富，微酸或中性，保水保肥性能强，冬季7.2度以下的常年低温量，能满足大多数桃树品种的生长需求。生长期的月平均气温可达23~25度，让这里的水蜜桃上市能快人一步。龙泉驿的水蜜桃品类也多，6月的春蕾，7月的松森、白凤，8月的惊艳，

7月下旬到8月上旬的晚湖景，直到10月初才结束这场蜜桃狂欢。

　　从成都向北、向西，八百里秦川上的渭南、咸阳、宝鸡、西安等地，每年七八月份处处挂满了艳红的关中水蜜桃。这抹红艳顺着渭河上溯，到甘肃天水的秦安，渭河支流葫芦河两岸，由古老"秦桃"衍化而来的秦安蜜桃香飘四方。

　　秦安位于甘肃省东南部、天水市北部，属陇中温带半湿润气候，自古以来就是中国北方落叶果树最适栽培的黄金纬度区之一。这里冬无严寒，夏无酷暑，四季分明，土层深厚，光照充足，热量丰富，昼夜温差大，农作物生长期较长等特点，都非常适合果树的栽培。秦安蜜桃早在汉代时就已广泛栽培。在唐宋时期，"齐桃""二格子桃"和"秋桃"就以个大、色艳、味美而远近闻名。

　　早熟的春艳、春蕾、早花露、早春水蜜、麦香，六月中下旬便成熟；中熟的仓方早生、红桃、大久保、北京七号、红清水、绿化9号、沙红桃等，七月中旬至八月中旬就可上市；晚熟的八月脆、处暑红、莱山蜜、红雪桃、秦王桃等，可以延续到八月下旬至九月下旬，连续三个月的蜜桃季，只能说八百里秦川，确实是中国的水果之乡。

　　越过八百里秦川这片古老的土地，天山脚下，还有新疆新源县的喀拉布拉水蜜桃。"喀拉布拉"蒙古语意为"河流多的湖地"，桃子产区为北温带大陆性半干旱气候区，光照充足，热量丰富，全年日平均温差12度，最高气温39度，最低气温−25度，年平均温度在9.1度，全年有效积温达3280度，年日照时数在2800小时以上，形成了特有的山区小气候，对桃子营养物质的积累和产品质量的提高形成了极为有利的条件。

　　喀拉布拉桃子果实较大，平均单果重260克，最大果重650克。果实呈近圆−短椭圆形，果顶圆，缝合线浅，梗洼中等深度和宽度，果皮底色为黄色，果面80%着深红色，果皮厚，不能剥离。果肉黄色，近核处果肉同肉色、无红色素。肉质为硬溶质，多汁，较大的昼夜温差，含糖量更足，仿如冰糖般浓甜，更有浓郁的微香，层次分明，复杂而浓厚。

　　幅员辽阔的神州大地，适合蜜桃生长的地方不少，有的突出了甜，有的是酸甜平衡，有的软若柿子，几可用吸管吸桃汁，有的脆得更有口感。哪里的蜜桃更好吃，全凭个人喜好。毕竟，好不好吃，本身就是一种很主观的判断。

/ 蜜桃的营养和功效

如此美味的蜜桃，总会被赋予诸多营养和功效。《随息居饮食谱》说水蜜桃有"**补血活血，生津涤热，令人肥健，好颜色**"的效果，药王孙思邈还将水蜜桃称之为"**肺之果**"，说肺病患者宜食水蜜桃。《食经》中则认为水蜜桃"**养肝气**"，《千金翼方》中记载"**蜜桃，肺之果，肺病宜食之**"，《本草纲目》则说水蜜桃有"**主血滞风痹骨蒸，肝虐寒热，鬼注疼痛，产后血病**"的作用。这些说法靠谱吗？

水蜜桃里的膳食纤维和果胶对肠胃非常有益处，膳食纤维可以促进肠胃蠕动，帮助清除肠道废物，并促使胆汁分泌，起到消积润肠，增进食欲的作用。另外，它还能祛除体内的毒素，保持肠胃健康。而水蜜桃的果胶在肠胃中可吸收水分，这就可以预防大便干结干硬，从而达到预防和缓解便秘的作用。说水蜜桃有补益气血、消食通便、去水肿的功效，用水蜜桃来治疗肠燥便秘、腹胀、浮肿等症状，这比较靠谱。

水蜜桃营养成分中含有大量的铁质，它所含有的铁元素在水果中属于相对比较高的级别，含铁量仅次于樱桃。铁元素是人体补血、造血的主要原料，因此，适当食用水蜜桃有促进血红蛋白再生的能力，还能预防缺铁引起的贫血，所以水蜜桃也是缺铁性贫血病人的理想辅助食物。当人的气血得到补充，血气畅顺，面色也会变得红润，因此，在古代，人们认为水蜜桃很适合大病之后气血亏虚、面黄肌瘦、心悸气短的人食用，这些都算有依据。

水蜜桃里含有烟碱酸成分，这个成分能促进血液循环，加速酒精分解过程，说它能起到解酒的效果，似乎也有些道理；水蜜桃含钾多，含钠少，对于水肿患者来说也非常合适，水肿患者体内钠多钾少，水蜜桃正好可以平衡体内钠钾平衡，保持电解质稳定。水蜜桃桃仁提取物有抗凝血作用，而且还能抑制咳嗽中枢而止咳，同时能使血压下降，桃仁止咳降血压，也因此沾上了边。

传说中比桃子更有营养和功效的是桃胶，不少广告宣传桃胶含胶原蛋白，有助美容。桃胶是桃树流胶的结晶物，是一种病理现象，我国有接近七成桃树有不同程度的流胶。桃树受到真菌或细菌侵染，或者是虫害、表皮损伤，就会导致流胶。流胶会减少桃子的产量，流胶部位会腐坏，甚至导致整个枝条或桃树枯萎。

桃胶的主要成分是大分子多糖，并没有胶原蛋白，胶原蛋白只存在于动物中，这个东西桃树真没有。况且，到目前为止，还找不到食用胶原蛋白可以转化为人体胶原蛋白的原理和依据，因此可以下判断，通过吃桃胶增加胶原蛋白，从而达到美容的目的，是一个"美丽的神话"。

桃胶富含的大分子多糖，人体缺乏相应的消化酶，因此难以消化吸收。不过桃胶也算膳食纤维，因此对于肠道健康可能有点好处，比如说方便排便，这倒可以与美颜扯上的关系，至于值不值那个价钱，你自己掂量掂量。原始桃胶有白色、浅黄、浅棕色、深红棕色等不同颜色，有的人说深色的是"老树胶"，

更滋补，这也毫无道理。桃胶的颜色实际是少量酚类物质在光照、氧气的作用下形成的醌类色素，和营养、功效并没多少关系。简单说就是，刚分泌的桃胶颜色浅，时间长了颜色就变深了。

/ 丰富多彩的桃文化

桃子的原产地是中国，但这个说法曾遭到挑战。桃子的英文为peach，这源于另一个单词persic，意思就是"波斯果"，某些西方学者仅仅根据语言学的推理，和在"中国未见到野生桃树"的猜想，做出了"桃树起源于波斯并从那里传播到欧洲去"的结论。

给桃子溯源正名的是达尔文，他研究了中国的水蜜桃、重瓣花桃、蟠桃等的生育特性，并与英国、法国产桃树的特性相比较，认为欧洲桃都来源于中国桃的血缘。桃树原产于中国的结论，才为世界学者一致公认。

近代中国考古学家在浙江河姆渡新石器时代遗址中，发现了六七千年前的野生桃核；在河南郑州二里岗新石器时代遗址中，也发掘出数量极多的野生桃核。也就是说，桃子早在6000多年前，就已经成为我们祖先的食物。

有关桃的记载，最早可以追溯到公元前10世纪左右，《诗经·魏风》中就有"园有桃，其实之肴"。这句话的意思是，"果园里面有桃树，以桃充饥也能饱"。这么看来，在远古时期，黄河流域广大地区都已种有桃树。

《礼记》中还提到，当时的人们已经把桃列为祭祀神仙的五果之一，这也是桃和神仙搭上关系的开始。桃子有季节性，但祭神祭祖却是常态，怎么办？后人发明了用面粉做成桃形状的粿品，比如潮汕的"红壳桃"，就是替代品。《山海经》有"沧海之中，有度朔之山，上有大桃木，其蟠屈三千里"。

《太平广记》卷三引《汉武内传》载："七月七日，西王母降，以仙桃四颗与帝。帝食辄收其核，王母问帝，帝曰：'欲种之。'王母曰：'此桃三千年一生实，中夏地薄，种之不生。'帝乃止。"由此可见，在古代神话中，蟠桃树是一种能活千年的树，而蟠桃树结的果，吃了就会长生不老。现代人摆寿宴，吃寿桃，也由此而来。

桃子和我国神仙有着千丝万缕的关系，桃木也沾染了"仙气"，祖先们不仅认为桃木有灵，还认为它可以驱邪。早在先秦时代的古籍中，就有桃木能辟邪的记载，因此，古代的人们在房屋门外挂上桃木符或桃木做的对联来驱邪避凶。王安石说："千门万户曈曈日，总把新桃换旧符。"其实，早在宋朝以前，人们就这么做了。现如今，大家将"新桃"换成了对联。

历朝历代，咏桃说桃多了去了，我最欣赏的还是李白的这首《庭前晚花开》：西王母桃种我家，三千阳春始一花。结实苦迟为人笑，攀折唧唧长咨嗟。

诗词大意是：我家种了一棵王母娘娘的蟠桃树，需要三千年的漫长等待才能开花。等待那么长时间，一般人谁能吃得到！世人嘲笑我，种了一棵自己吃不到的桃树。我心生感慨，懂我的人太少啊！

连诗仙都感叹怀才不遇，平凡如我们，还有什么看不开的呢？不如好好吃桃！■

参考资料：风味菌《中国究竟哪里的桃桃桃桃最好吃？》

菠萝，一个美丽的错误

中国台湾的菠萝，90% 销往内地。美国也盛产菠萝，硕大一个，0.99 美元。在美国时，我倒是经常买来与排骨一起做成酸甜排骨，美国的排骨最中间的一条横切下去，正是排骨的核心部位，真正的肉排，2.7 美元一磅，再来个菠萝，弄一个菠萝酸甜炸排骨，酸甜香脆，夏日里既开胃，又有肉有水果，齐活儿。

外表漂亮的菠萝，买回家里处理起来特别费劲，看卖菠萝的人给菠萝去皮，简直如雕刻家般的工艺，累！其实不用那么复杂，将菠萝直接去头去尾一开八，如削瓜皮般一刀下去，那些讨厌的如鼻毛般的小刺不见了，省时省功省力。物质丰富年代，浪费点就浪费点吧。

　　小时候吃菠萝，印象最深的就是被削得"沟壑纵横"的果身，那会儿的水果商贩如果不能削得一手好皮，就别卖菠萝了。因为菠萝是一种聚花果，就是由 200 多朵小花拼合发育成的果实，这些花围绕圆柱形的花序轴排布。这根硬硬的纤维质的轴就是常说的"菠萝芯"，吃的时候往往会去扔掉，有人喜欢它，因为很甜，多数人不喜欢它，因为木质化的口感，令人不舒服。菠萝发达的花萼和子房，构成了金黄色或乳白色的柔软又多汁的果肉，而那些需要挖除的"黑刺"，其实是残余的花蕊。

　　这种原产于南美洲的水果，大约在明朝时传入我国，但它为什么叫菠萝或者凤梨呢？无论是学名 Ananas comosus，还是英文 pineapple，都与这两个叫法风马牛不相及。答案是，叫菠萝是一个美丽的错误！

把菠萝叫为凤梨，那是闽南人的叫法，源于菠萝的头冠如凤的尾巴，而味似梨。这种叫法传到潮汕，变成了凤梨，闽南话与潮汕话"凤""风"发音相似，继续以讹传讹。有人坚称凤梨与菠萝不是一回事，说什么凤梨黑刺更浅、个更大，吃起来不扎嘴，还有奶味。这点差别，并不能说就让它们变成两种水果，它们其实就是一回事！

台湾的农业科技发达，对菠萝的品种进行改良，让菠萝的花扎根于菠萝果浅一点，因此削菠萝时讨厌的黑刺没那么难去除；让菠萝里面的菠萝蛋白酶少一点，因此少了扎嘴的不适口感；在菠萝中植入了醋酸乙酰，这个东西奶油也有，因此菠萝有了奶油的味道；让菠萝个更大更成圆柱形，这也不难。这种对植物品种的改良，并不能改变植物的本质。连个马甲都没换，还认不出你？商家坚称菠萝与凤梨是两回事，目的只有一个：卖更高的价钱！

菠萝一名的起源与波罗密（蜜）有关。汉语中波罗密（蜜）一词，一为佛教用语，指到达彼岸；二指一种热带水果，现今被规范成菠萝蜜。菠萝蜜原产于印度，唐朝时就传入中国。波罗密是梵文 Paramim 的音意译的结合。最初译为波罗密多，后"多"字省略。

菠萝蜜是长在树上的，小的菠萝蜜外形与菠萝有点像。明朝时菠萝引入中国，那时的人见识有限，没有百度，没有谷歌，信息也有限，指鹿为马把菠萝当菠萝蜜，后来发觉不对，为了区分，把蜜字去掉，就成了菠萝。

从史料考证，最早出现菠萝记载的，是清乾隆年间被誉为清代"吴中四才子"之一、当过广东学政的李调元，他在《南越笔记》卷十三中说："粤中凡村居路旁多植山波罗，横梗如拳，叶多刺，足卫衡宇"。这里的山波罗就是菠萝。

　　清道光年间状元，又是科学家，宦迹半天下，官至总督的吴其濬在其所著《植物名实图考》卷三十一中说："*露兜子产广东，一名波罗*"。带草头的"菠萝"一词则要等到清嘉庆年间。当时高静亭教广东人学官话的《正音撮要》卷三，就写成"菠萝"，说明这时波罗已开始被文人们加上草头，表示它是植物、水果，少了一份雅致。

　　菠萝给我们浓烈的芬芳，同时也带给我们扎嘴的不适感，罪魁祸首是菠萝蛋白酶（Bromelain），它能切断蛋白质的肽键使之水解。简单来说，就是它能溶解和消化我们的口腔黏膜，原理与嫩肉粉的木瓜蛋白酶适度水解生肉，使其口感更加软嫩一样。

　　菠萝蛋白酶会诱发黏膜出血，还能让舌唇产生强烈的刺痛感，这就是我们俗称的"扎嘴"或"上火"。民间流传着一种"用盐水泡菠萝就可以减轻扎嘴感"的说法，这是不靠谱的！唯一靠谱的是把菠萝加热到60度以上，把菠萝蛋白酶的活性消灭了。中餐的菠萝炒牛肉、菠萝酸甜排骨，西餐的烤菠萝好吃，就是这个原因。话说回来，把菠萝泡在盐水里也是合适的，盐水可以分解菠萝里的部分有机酸，酸少了，就更突出了甜。这个道理，与吃西瓜撒点盐，吃荔枝沾酱油异曲同工。

　　每年的农历二月十三，是广州黄埔的波罗诞。波罗庙会期间，珠江三角洲一带村民和善男信女便结伴从四面八方到黄埔的南海神庙，或祈福，或观光，或购物，参观游览人数达数十万。庙会上，好吃的广州人，怎么会少了吃菠萝！

广州民间俗语有云："第一游波罗，第二娶老婆"。但这个波罗，是佛教的波罗，意指到达彼岸，与菠萝无关。现在的波罗诞，常见到菠萝的影子，这又是一个美丽的误解。

第二篇

美味魔方

话说羊肉

腾讯的《风味原产地·甘肃》，上来就是羊肉，过瘾啊！我是无肉不欢的荤菜主义者，估计这和小时候对肉食的渴望有关。中国人缺衣少食的时间太长，肉类并不是普通人可以常吃的，孟子在《寡人之于国也》中，谈论他向往的美好世界，"七十可以食肉矣"。年过七十的人能吃到肉，已经是奢望。《左传》中所谓"肉食者鄙"，肉是特权阶级的食物，对于普通百姓来说，只是过年过节时的调剂。这种饮食传统我们并不陌生，即便在四十年前，我的童年记忆中，吃肉也是一件奢侈的事。

　　喜欢吃肉的人，无肉不欢。肉味是充斥齿、舌间的味道与特殊浓郁香气的合作成果。肌肉酵素会把蛋白质以及供应肌纤维能量的物质分解成小碎片，经过烹煮，这些碎片中有单一氨基酸、氨基酸组成的短链、糖、脂肪酸、核苷酸和盐，它们刺激舌头而释放出甜、酸、咸、鲜等滋味。氨基酸受热时，会相互作用形成数以百计的香味组合。肉中的脂肪分子受热后可以转化为具有水果、花朵、坚果或青草味的分子，这就是肉好吃的原因。

　　在众多肉中，羊肉风味更为独特。比起吃谷物和精饲料长大的牲畜，吃牧草长大的羊肉更具风味。植物有丰富多样的香味物质、活跃的多重不饱和脂肪酸和叶绿素，这些物质经瘤胃内的微生物，转化成萜烯类化学物质，就是香气。

　　羊肉好吃，但膻味太重也令人受不了。羊肉的膻味从哪来呢？东汉的大学者郑玄在注《礼记·月令》时说"凡草木所生，其气膻也"，把膻味归因于吃草。古人说的还是有道理的，吃草的动物，除了羊以外，牛、鹿等也多少有膻味。这些吃草的反刍动物的胃比较特别，有四个室。第一个最大，称为瘤胃。瘤胃里有许多细菌，能够分泌水解纤维素的酶。草中的纤维素和其他碳水化合物，在瘤胃里被这些细菌分泌的酶水解，一部分变成了葡萄糖。这些葡萄糖很快又被转化成短链脂肪酸。

　　所谓短链脂肪酸，就是碳原子数不超过 6 个的脂肪酸。我们最熟悉的短链脂肪酸是乙酸，就是醋酸（食醋的有效成分），只有两个碳原子。丙酸，只比乙酸多了一个碳原子。丁酸的另一个名称是酪酸。在羊的瘤胃里所生成的就是这些碳链很短的脂肪酸。短链脂肪酸由于碳原子很少，容易挥发，都有特殊的刺激性气味。也正因为碳原子很少，它们都溶于水。所以这些短链脂肪酸很快被吸收到羊的血液中，运输到身体各处作为"燃料"发热，供肌肉和各个器官使用。

　　另外，这些短链脂肪酸的碳链还能在羊的体内接长。例如，丁酸接上两个碳原子就成了己酸；己酸又称羊油酸，接上两个碳原子就成了辛酸；辛酸又称羊脂酸，接上两个碳原子就成了癸酸。癸酸又称羊腊酸。这些通通与膻味有关！片中说甘肃的羊好吃，原因是甘肃羊短链脂肪酸少，膻味少。

　　但估计新疆人和内蒙古、海南人不服气。孩子是自家的好，羊肉也是家乡的好。人的味觉偏好在七八岁时形成，令有些人不喜欢的膻味，在另一些人眼里，还真就是喜欢的味道。所以，说哪里的羊好吃，要分开来讲：对羊肉产区的人来说，你们当地的羊最好吃；对偶尔吃羊肉又惧怕膻味的人来说，短链脂肪酸含量低的羊好吃，比如甘肃羊！

　　北方人尤爱吃羊肉，这不仅仅是因为羊肉美味，更主要是草原适合养羊，羊肉易得。羊肉可以说一直在殿堂之上。据《履

园丛话》记载，说大吃货袁枚称："此物是味中最美，试看古人造字之由，美字从羊，鲜字从羊，善字从羊，羹字从羊，即吉祥字也从羊，羊即祥也。""羊炙"即烤羊肉，是唐、宋、辽、金、元数朝的宫廷名菜。

　　宋朝人特爱吃羊，连对美食毫无感觉的王安石，也在他的《字说》里解"美"为"羊大为美"。在《清明上河图》里，甚至能看到"蒸软羊"、"酒蒸羊"、"乳炊羊"等26种羊肉料理。宋朝施德操在《北窗炙輠录》中记载，宋仁宗"夜来微馁，偶思食烧羊"，就是半夜饿了，想吃烤羊肉。大臣说"何不令供之"，仁宗却说："朕思之，于祖宗法中无夜供烧羊例，朕一起其端，后世子孙或踵之为故事，不知夜当杀几羊矣！故不欲也。"贵为皇帝，半夜想吃个烤羊，上念祖宗法度，下虑子孙效法，这也太没意思了吧。此事是真的，《宋史》也有记载。

　　《左传》记载："郑伐宋，宋华元、乐吕御之。羊斟为华元御。华元杀羊以飨士而不及斟。将战，斟曰：'畴昔之羊，子为政；今日之御，我为政。'驰入郑师，宋遂败。"这是个吃羊肉没分匀而败国的故事，说的是公元前607年，郑国出兵攻打宋国。宋国派华元为主帅，统率宋军前往迎战。两军交战之前，华元为了鼓舞士气，杀羊犒劳将士。忙乱中忘了给他的马夫羊斟分一份，羊斟便怀恨在心。交战的时候，羊斟对华元说："分发羊肉的事你说了算，今天驾驭战车的事，可就得由我说了算了。"说完，他就故意把战车赶到郑军阵地里去。结果，堂堂宋军主帅华元，就这样轻易地被郑军活捉了。宋军失掉了主帅，因而惨遭失败。此事见《左传·宣公二年》。所以，吃羊肉要均分！■

再说羊肉

在广州，羊肉做得好的，天河北路伊斯坦美食城算一个，选用新疆羊，原汁原味的新疆做法，淡淡的膻味，在可接受范围之内，而浓浓的香味，却完整地保留了羊肉的鲜，不论是炖，还是烤，都一样的鲜嫩多汁。伊斯坦令人印象深刻的有几道菜：羊杂汤。用羊骨和羊肉熬出奶白色的高汤，与羊杂一起炖，高汤带来鲜香，洋葱去膻味，土豆增加质感，胡椒增香并且盖住腥味，一盅下去，肚里温暖而踏实。

羊肚包肉。选用羊前腿带骨肉和羊排，羊主要靠后腿持续发力，前腿运动量相对较少，这些肉都有结缔组织，加热后分解为胶原蛋白，所以嫩且多汁。用一个完整的羊肚包着肉和上汤，捆绑仔细，放到羊汤里炖。至羊肚里的肉软烂，捞起上桌，剪开羊肚吃肉。受羊肚保护，羊肉的汁液不会流失，所以特别鲜香。

红柳烤羊肉串。羊肉肥瘦相间，香、鲜、嫩、焦脆交替，红柳特有的香味也传递到羊肉里，这是对羊肉最好的尊重，好吃得根本停不下来。

　　茄子炒番茄。来自新疆的茄子和番茄，本身就很有味道，两种茄子相遇，番茄自带氨基酸，负责为茄子提供鲜味。这道菜，保证你吃的整个过程，表情都在说"茄子"！

　　伊斯坦美食城老板刘月星，原来就是冰花酒店新疆大厦的行政总厨，自己出来创业，技艺不是问题。选择食材讲究，这才是好吃的关键。他们选择产自新疆的绵羊，这种羊，有羊肉味，膻味小。羊肉好吃，具有独特的风味，那是因为羊吃的牧草。有丰富多样的香味物质、活跃的多重不饱和脂肪酸和叶绿素。这些物质可借由瘤胃内的微生物，转化成萜烯类化学物质，这就是羊肉味。

　　牧草的营养有限，这限制了羊的生长速度。河南、山东的羊养殖场，从新疆、内蒙古买来羊羔，用营养更丰富的谷类饲料喂羊，羊长得快，可惜风味不足。我们普通消费者根究竟哪里的羊肉好，讨论这个话题真的得罪人。抛开"谁不说俺家乡好"，公认的标准是膻味越少越好。膻味的来源，主要贡献者是C6-C12短链脂肪酸，就是只有6~12个碳离子的脂肪酸，包括己酸、辛酸和癸酸等等。当这几种短链脂肪酸呈现一特定比例时，羊肉的膻味就格外浓烈。

另一个膻味来源是支链脂肪酸，其中的4-甲基辛酸、4-乙基辛酸和4-甲基壬酸，被认为是羊肉膻味罪魁祸首。短链脂肪酸和支链脂肪酸，是吃草反刍动物消化牧草时的副产品，它们将草分解为葡萄糖，同时也将脂类分解成多种脂肪酸。而山羊和绵羊消化时，产生的短链脂肪酸和膻味支链脂肪酸的量，要远高于牛、鹿等其他反刍动物，所以羊肉特别膻。

本无法辨别肉案板上的肉来自何方，但刘老板有这个本事：很简单，认货源渠道，只选他熟悉的新疆羊。

不同部位的羊肉，膻味情况也不同。大致上，肾脏周边脂肪最膻，背膘脂肪次之，尾端脂肪排行小三，老四就是四肢脂肪，靠近这些地方的肉也照此排行。饲料也是膻味的主要决定因素，草料中的含硫有机物，能在一定程度上抑制膻味物质的生成。洋葱、葱、韭菜都含硫，所以也常常作为羊肉的作料。盐碱地和干旱少雨地区的土壤，盐碱度高，生长的都是沙葱、碱蓬、甘草、苦豆子之类的盐碱性植被，这些植物含硫有机物多，所以不太膻。东山羊以海岛所生的热带苜蓿为饲料——和戈壁滩上的碱蓬一样，也是耐碱性植物，所以海南东山羊也不膻。伊斯坦美食城选用新疆阿勒泰大尾羊和靠近宁夏盐池的绵羊，所以膻味不重。

影响羊肉膻味的主要因素包括：羊的品种、性别、年龄、部位和饲料。不同品种的羊，基因层面决定了羊消化道内合成膻味物质的多少，山羊的膻味比绵羊重，小尾寒羊膻味比滩羊重。原产于东北亚地区的蒙古绵羊，被认为是全球短链脂肪酸最低的羊种之一。国内优良的羊种，比如宁夏盐池滩羊、新疆阿勒泰大尾羊，都是蒙古羊的良种。传说宁夏滩羊是苏武牧羊时从贝加尔湖边带回。这个传说，被科学家用基因鉴定证实。由于体内激素水平和能量代谢的差异，羊的性别也决定了膻味物质的多少，公羊的膻味要大于母羊和羯羊（阉割羊）。随着羊年龄的增长，脂肪的组成、分布和总量都会积聚增加，所以成年羊的膻味要比羊羔重。这方面羊和人一样，吃奶的孩子有"奶香味"，长大了变成"油腻中年"，老了就是"老人味"。

膻味是影响人们吃羊积极性的主要原因，各种去膻方法，都十分麻烦。相比之下，牛肉猪肉鸡肉容易烹饪很多，因此逐渐成为餐桌上的主角。在农耕文明体系中，土地是可流通的不动产，一块可以生产各类作物的土地，如果种的是牛羊吃的牧草，显然是种天大的浪费，而且羊还不能像牛一样耕地。杂食性的猪却不同，废弃泔水、果蔬根皮，什么都吃，这就做到了不与民争地。地理上有个 400 毫米等量降水线，低于这个降水量的，不适合耕作，只能放牧，生活在这些地方的人就以羊肉为主要肉食。

这个划分，说的是有肉吃的年代。在古代，羊肉一直唱的是主角，这主要得益于中原地区与北方游牧民族的贸易。南宋李焘的《续资治通鉴长编》记载，说宋朝"饮食不贵异品，御厨止用羊肉，此皆祖宗家法所以致太平者"。牛要用于耕地，杀不得，猪一直受鄙视，鸡产量太低，所以选羊肉。

　　清朝著名地理学家徐松编了一部《宋会要辑稿》，里面提到，在宋神宗时期，皇宫每年要吃掉44万斤羊肉，算一下，每天要吃掉约1217斤羊肉。这些羊，估计是与西夏贸易得来的，宁夏滩羊不膻，否则宫里一定都是膻味。

　　上行下效，在皇宫的带动下，宋朝民间也对羊肉情有独钟。《东京梦华录》提到了许多流行于都城开封的街市美食，涉及羊肉的就有炖羊、软羊、羊肚、羊腰、羊杂碎、生软羊面等十几种。全国都吃羊肉，又靠进口，结果就是将羊肉吃贵了。南宋绍兴年间，吴中地区的羊肉涨到了900钱1斤，这差不多相当于一个县令一天的工资了。"挂羊头卖狗肉"，正是出于宋朝的释普济，他在《五灯会元》卷十六中说："悬羊头，卖狗肉，坏后进，初几灭。"可见，羊肉贵，从宋朝就开始了。

羊肉香与膻，就如一个硬币的正反两面。老广的羊肉煲，为了去除膻味，可谓十八般武艺全上：加姜、葱、米酒焯水、大料、香叶、桂皮、辣椒、姜、柱侯酱 盖住膻味。老广喜欢的本地黑山羊，生长于丘陵地区，"搵食艰难"，运动量大，肌肉纤维更粗，脂肪含量比绵羊少，所以肉质更为紧致。广式的又焖又炖，是正确的烹饪方式。

山羊肉膻，除非吃的草是盐碱地的草。在羊肉品质方面，老广还是应该谦虚点，宁夏滩羊、内蒙古和新疆绵羊，都比黑山羊好。选用这些羊肉，照样可以做出老广的味道，好酒好蔡的清汤羊肉，就一点膻味都没有，还突出了清甜。

对老广来说，羊肉毕竟有些陌生。食物多元化年代，不妄自尊大，虚心学习其他菜系的优点，创造自己的味道，方是正理。这个道理，不独适用于烹羊。■

鸡的万种风情

　　《风味人间2》之《鸡肉风情说》，不知你是否满意。如果不满意，这也不奇怪。鸡，大家太熟悉了，地球人人均年消费十只鸡，每人心目中有好吃的做鸡方法，一部小片岂能穷尽？众口难调，这是厨师们的困惑，估计也是陈晓卿老师的困惑。

　　让人困惑的不仅仅是先有鸡还是先有蛋！鸡是从野鸡驯养而来的，但达尔文居然说印度人最早驯化出鸡，然后才在3400年前传到中国，这很让中国考古学家和历史学家颇费了一番功夫。考古学家从七八千年前的遗址中发现了鸡骨和陶鸡，甲骨文中也有"鸡"字，这些都比印度驯化鸡早，但这些证据，也可以是野鸡！

　　还是看看达尔文是怎么说的，他在《动物和植物在家养下的变异》一书中说："在印度，鸡的家养是在《玛奴法典》完成的时候，大约在公元前1200年前，不过也有人认为是在公元前800年。"在书中的另一处，达尔文根据一本"中国百科全书"宣称："鸡是西方的动物，在公元前1400年前的一个王朝时代引进到东方的。"按达尔文所说，印度驯化鸡有3200年和2800年两个说法。达尔文也没有在书中提到他依据的"中国百科全书"的书名，但说是在1609年出版的，而在书中另一处又说是1596年出版的。

　　《本草纲目》被西方誉为"中国古代的百科全书"，恰是在1596年出版的，但书中并无与此相关的记载。而1609

年出版的比较著名的中国图书，只有《三才图会》，书中倒有一段关于鸡的说明："鸡有蜀鲁荆越诸种，越鸡小，蜀鸡大，鲁鸡尤其大者，旧说日中有鸡。鸡，西方之物，大明生于东，故鸡入之。"那么答案有了，达尔文的依据是《三才图会》，但他理解错了。《三才图会》说的"西方"，是指四川，而不是达尔文理解的印度，"东"指的是吴越之地，而不是中国。这也难怪，达尔文没学过中国古文，古人说现在的西方，用的是"番""夷"！

达尔文不懂中文，指鹿为马，中国家鸡从印度来可以推翻了。野鸡难得，大量吃鸡时，说明鸡已可驯养了。《左传》在襄公二十八年有这样的记载："公膳日双鸡，饔人窃更以鹜。"翻译成现在的话大意就是：官员值班，工作餐标准是每天两只鸡，厨师偷偷地把鸡换成鸭。这说明两个问题：一是鸡肉已经是工作餐的餐食，比较普遍了。二是鸡肉比鸭肉贵，所以被偷梁换柱。

唐朝的孟浩然有诗"古人具鸡黍，邀我至田家"，李白有诗"白酒新熟山中归，黄鸡啄黍秋正肥。呼童烹鸡酌白酒，儿童嬉笑牵人衣"，宋朝的陆游说"莫笑农家腊酒浑，丰年留客足鸡豚"，这说明，有客人到，杀鸡已是唐宋时农家的待客标准。

到了今天，我们已经成了世界第三产鸡大国（前两位是美国和巴西），第二吃鸡大国（前一位是美国）。

　　怎么做鸡才好吃？这真是众口难调。大吃货袁枚在《随园食单》中一口气列出吃鸡二十种做法，并说"鸡功最巨，诸菜赖之，如善人积阴德而人不知！"餐厅的上汤，离不开鸡。烤或烧，使鸡肉蛋白质产生美拉德反应，氨基酸充分表现，因此美味无比；小鸡炖蘑菇，是谷氨酸和核苷酸的协同作战，鲜味提升了二十倍。经过长时间的炖煮，鸡肉的风味物质跑到汤里面，尤其适合病中吃不下饭菜的人，尽管蛋白质这一主要营养还在味同嚼蜡的鸡肉里，好喝的鸡汤营养乏善可陈，但总比没有好，最起码还起到安慰作用。

　　鸡肉好不好吃，除了做法，还取决于以下因素，一是鸡的饲养时间。鸡的性成熟时间大约是110天，这时才有鸡味。

鸡吃什么，不仅影响风味，还影响鸡肉的质量。宋朝陶谷的《清异录》就记载："昌黎公逾晚年颇亲脂粉，故可服食。用硫磺末搅粥饭，啖鸡男，不使交，千日，烹庖，名火灵库，公间日进一只焉，终致绝命。"昌黎是韩愈，一代大文豪，为求壮阳，让公鸡吃含硫磺的粥饭，隔天吃一只鸡，终于把自己吃死了，享年 57 岁。

韩愈壮阳术，看中的不仅仅是硫磺，还以公鸡为载体。而公鸡，也总让人往那方面想。北宋诗人、画家王巩，号清虚居士，他的吃鸡心得是"雄鸡骨强肌涩，亡阳故也。鸡则不然。君子可以知惜精保身之术矣。"他把公鸡好不好吃归因于惜精保身。没办法，古人不懂科学，只能靠猜。王巩是苏东坡的好友，在导致苏东坡悲惨人生的乌台诗狱中，他也受牵连，御史舒亶奏曰："（苏轼）与王巩往还，漏泄禁中语，阴同货赂，密与宴游。"时任秘书省正字的王巩不久便被贬到宾州（今广西宾阳）去监督盐酒税，这个官职，油水一向不少，对好吃的王巩来说，正合适不过。

我们说一个女人有女人味，最少也是三十岁以上。这个道理，同样适合于鸡。二是饲养方式。散养的鸡活动多，肌凝蛋白更丰富，能产生香味的物质更多，特别是脂肪微滴与细胞膜上的类脂肪成分更多，这些脂肪分子受热后转化成具有坚果、水果、花朵的分子，这就是鸡味。三是饲料。鸡的风味来自于它吃的虫子和谷物，用工业化饲料喂大的鸡，风味自然不足！

广东有很好的鸡种，清远的麻鸡、惠阳的胡须鸡、肇庆的杏花鸡，位列全国 27 种优质鸡中。屈大均在《广东新语》中还为广东出好鸡论证了一番，说"鸡为阳积"，而"岭南阳明之地，乃鸡之宅"。屈大均热爱家乡溢于言表，典型的谁不说俺家乡好，十分可爱。只是，鸡在北方也活得好好的。

广东有好鸡，广东人做鸡，也多种多样。广府的白切鸡、客家的盐焗鸡、清远的荔枝木烧鸡、潮菜的豆酱鸡，都各有特色。这些做法现在很流行，可惜的是，有一道名鸡几近失传。据周松芳博士的《岭南饮食文化》记载，新中国成立后的国宴名厨肖良初大师，他的"荷叶盐鸡"在莱比锡国际博览会上夺得金奖。我推敲了一下，就是用荷叶包的盐焗鸡。他还在 1961 年联合国日内瓦会议上创制了"八珍盐焗鸡"，就是在荷叶盐焗鸡的基础上，在鸡腔内加入鸡肝、鸭肝、腊肉、腊肠、腊鸭肝、腊鸭肠、腊板底筋、酱凤鹅粒等，让这些材料的味道融入盐焗鸡中。

不过，今天如果想复制这道菜，要找齐这么多配料，估计也不容易。烹煮肉类，目的是要吃得安全、容易咀嚼、好消化和让味道更好。白切鸡受广东人欢迎，有其科学道理：鸡肉在 60 度时，紧实而多汁，超过 65 度变得干涩。鸡肉又含胶原蛋白，70 度时胶原蛋白才分解成明胶。用 90 度左右的蟹眼水浸鸡，旁边用冰水降温，这是科学控温和分层加热，既释放了鸡肉的风味，又保留了汁液，鸡骨中的血红色是肌红蛋白，不是血，不存在食物安全风险。当然，对于牙口不好的老人和小孩，这个做法未必最佳。

有趣的是，民国时期席卷上海滩的广东信丰鸡，居然不是走地鸡。"信丰两个字的来源，是因为广州有一处沿江街的地名叫做杉木栏，那里有一家几十年的老店，店的牌号叫信丰。他家的鸡，喂养得考究，并且因为名驰远近的关系，四处都他批销，如果吃鸡不是信丰的，便不名贵。他的喂养方法很特别，是把小鸡关在黑暗的地方，不叫它见亮光，如此养出的鸡骨根格虽然瘦小，肉却特别细嫩，并且分外香甜。"原来，民国时期的食客喜欢的是农场饲养鸡！此事见周松芳博士的《岭南饮食文化》。

　　有人抱怨这一集没有拍广东白切鸡，我看大可不必，喜欢白切鸡的，除了广东人民，其他的并不多。尔之蜜糖，吾之砒霜，强求别人喜欢你的口味，这是和别人过不去，也是和自己过不去。百花齐放，百家争鸣，也适用于吃鸡！

美味魔方
CHAPTER 2

鸡蛋的困惑

　　《风味人间2》有一集《颗粒苍穹传》，各种蛋、各种卵，完全超出了我的想象力。把肉末弄进生鸭蛋里，蛋却完整不破的顺昌灌蛋，是不是想说"顺我者昌，逆我者不亡"？鱼籽更多地出现在西餐和日餐中，于我们的口味习惯，能够接受已经算不错，说是美味，估计广大人民群众不同意。至于蚂蚁蛋，你请便！

　　蛋和卵的世界，非常神秘，一部美食纪录片，还是以展示美食为主。让它为我们解惑，这就强人所难了。好吧，我们还是聊聊几个困惑我们的鸡蛋的问题：

　　困惑一：先有鸡还是先有蛋？片子一开头就回答了这个问题：先有蛋！生物学家认为，地球上最先出现的是单细胞，单细胞复制本身的DNA，就可分裂出多细胞，之后就出现了卵，然后演变成蛋。有了蛋，鸡的出现就顺理成章。考古学家的考古发现也支持这一结论，目前发现蛋的化石比最古老的鸟类化石早了十亿年！

困惑二：鸡蛋黄能吃吗？鸡蛋为我们提供蛋白质，但蛋黄含胆固醇，很多人因此只吃蛋白，不吃蛋黄。一颗鸡蛋，蛋黄好比是胎儿，黄白是羊水，鸡蛋的主要营养还是在蛋黄里。蛋黄占整颗蛋的1/3，热量占整颗蛋的3/4。它的主要成分是水、蛋白质及由蛋白质、脂肪、胆固醇、卵磷脂形成的聚合物和铁、维生素。蛋白的重量占整只蛋的2/3，不过有将近90%是水，其他才是蛋白质和微量的矿物质、脂肪、维生素和葡萄糖。蛋里的胆固醇是同等分量肉的四倍多，但影响我们健康的是我们的血胆固醇，食物中的胆固醇并不一定会转化成血胆固醇。

但是，最新研究发现，鸡蛋的摄入量对血胆固醇的影响并不大，原因是饮食中的饱和脂肪比胆固醇本身更容易提高血胆固醇，而鸡蛋里的脂肪并不多，而且多为不饱和脂肪。研究还发现，蛋黄里的磷脂质能干扰我们吸收蛋黄胆固醇。简单说：鸡蛋的主要营养在蛋黄，蛋黄里的胆固醇尽管多，并不会直接转化为人体的血胆固醇，可以放心吃！

困惑三：土鸡蛋比工业化养殖鸡蛋更有营养、更好吃吗？

这个话题首先不适合不吃蛋黄的人，蛋黄占了鸡蛋2/3的营养，大部分营养都不要，还追求什么更有营养！从营养角度看，两者几乎没有区别，但风味确实有区别，这主要看鸡吃什么。吃虫子、种子、五谷的鸡，比吃鱼粉等工业化饲料的鸡，肉和蛋风味物质更多，因此也更好吃。

困惑四：如何判断鸡蛋的新鲜度？鸡蛋的内部主要由浓蛋清、稀蛋清和蛋黄这三部分组成，因为蛋黄中的分子总量比蛋清要多，这种浓度差带来的渗透压不同造成了一种不可逆的趋势，即蛋清里的水分会始终朝蛋黄中转移。这使得蛋黄不断膨胀，同时蛋黄也因稀释作用变得稀软，外观越发变得扁平，最终包裹蛋黄的卵黄膜会被撑破，蛋黄溢出，就成了我们常说的"散黄蛋"，到了这个阶段的鸡蛋就已经非常不新鲜了。

《清稗类钞》记载，清朝时两淮八大盐商中的首富黄均泰，每天早上要吃两枚鸡蛋配燕窝参汤。一天他从账本上看到，每枚鸡蛋竟要纹银一两，不觉吃惊，于是把厨师炒了。黄均泰连换几个厨师，所做鸡蛋味道都不及以前，只好请回原厨师。原来，此厨师家中自养了一百多只鸡，每天都用人参、苍术等药物研成碎末拌在鸡食中，所产之蛋自然味道与众不同。

这一说法是有科学道理的，不是古人瞎编：蛋白贡献主要是硫磺味，蛋黄带来甜如奶油般的品质，鸡蛋里居然有近200种化合物，最典型的是硫化氢和氨类物质。工业化养殖的鸡蛋，豆粉里的胆碱会转化成带有鱼腥味的三乙胺，鱼粉饲料也会使鸡蛋的味道有所改变。所以，从营养上讲，两者几乎没有区别，从风味讲，土鸡蛋更胜一筹！

在不叩开鸡蛋的前提下，拿起鸡蛋轻轻摇晃，如果能明显感受到鸡蛋内部有抖动，说明鸡蛋已经不太新鲜了。也可以将鸡蛋浸入水中，上浮越明显则越不新鲜。另外一种方法就是用灯光照射，容易看到蛋黄和阴影的，就是不够新鲜。

困惑五：如何煮出滑嫩的溏心蛋？鸡蛋的味道比较温和，没有什么惊艳之处。在蛋白温度超过60度时，蛋白质的折叠结构开始展开，暴露出硫离子，与氢离子结合，产生硫化氢，这就是蛋味。

当温度达到62度时，蛋白凝固。继续加热，蛋白里的水分逐渐流失，硫化氢就越多，产生令人不适的臭鸡蛋味。蛋黄贡献的是氨的味道，如奶油般的淡淡的甜味，蛋黄在68度时凝固。从味道到口感，以62到68度为佳，这时的鸡蛋，蛋味十足，嫩滑如脂。专业的厨师通过低温慢煮，将鸡蛋里面的蛋白和蛋黄控制在这个温度，就可以煮出一枚杰出的溏心蛋！

　　我们在家煮，把水控制在出蟹眼但不沸腾，大约 5 ~ 6 分钟，蛋白凝固，蛋黄呈半液状。大约 10 分钟，蛋黄潮湿而且有些糊，这就是溏心蛋。继续烹煮，水沸腾，蛋黄呈颗粒状，就是全熟的鸡蛋了。煮得太老的鸡蛋，蛋黄表面有奇怪的灰绿色，那是加热后蛋白中的硫与蛋黄中的铁结合，形成硫化亚铁。不过不要紧，这是个无害的化合物。

　　鸡蛋的味道和口感固然重要，但安全更重要。鸡蛋带有沙门氏菌，沙门氏菌可造成拉肚子。好消息是，在 60 度以上持续煮 5 分钟，或是在 70 度持续煮一分钟，就可杀死沙门氏菌。不论是把水温控制在 62 ~ 68 度的低温慢煮法，还是蟹眼水 10 分钟法，都可杀死沙门氏菌，又可煮出杰出的溏心蛋。

如何煮出一枚蛋黄在正中央的鸡蛋呢？蛋黄含脂肪，比重比蛋白小，会处于上浮状态。如果把鸡蛋固定住，煮出来的鸡蛋，蛋黄会处于鸡蛋的偏上部分。要煮出蛋黄位于正中央的鸡蛋，在蛋白凝固前让鸡蛋处于翻滚状态，浮动的蛋黄只能乖乖地呆在鸡蛋的正中央。我们平时放鸡蛋，一般把钝的那头朝上，如果煮之前把鸡蛋平放一会儿，也有利于煮出在蛋中央的蛋黄。

鸡蛋放的时间长，水份会挥发一部分，钝的那头有个空气室会变大，蛋黄更浮在上面，这也不利于煮出蛋黄处于中央的鸡蛋。所以，选择新鲜的鸡蛋，煮前让鸡蛋平放，煮的时候让鸡蛋翻滚，就可以煮出一只蛋黄位于中央的鸡蛋了。

溏心鸡蛋的优点是嫩，但据说长时间炖煮使鸡蛋变嫩。清代大吃货袁枚在《随园食单·火候须知》中，有这样的记载："熟物之法，最重火候。……有愈煮愈嫩者，腰子、鸡蛋之类是也。有略煮即不嫩者，鲜鱼、蚶蛤之类是也。"他还说："鸡蛋去壳放碗中，就竹箸打一千回蒸之，绝嫩。凡蛋一煮而老，一千煮反而嫩。"这个说法与食品工程学背道而驰。

袁枚的这一说法，被扬州菜大师，号称"金陵厨王"的名厨胡长龄实践过，他曾经尝试长时间煮鸡蛋，"用风炉烧木碳，以文火罐炖三天三夜，剥壳后鸡蛋嫩如豆腐脑"。风炉、木碳、文火、三天三夜，这个鸡蛋，功夫大了去了。是不是这样，我一直存疑，但花这么长时间去实践，似乎也没必要。

　　困惑六：有更好吃的烹饪蛋的方法吗？鸡蛋实在是过于平凡，人们吃了几千几万年，吃法始终不离蒸、煮、煎、炒等几种。高阳先生在《红顶商人》中，写到胡雪岩到手下人家吃饭，席间有一道"三鲜蛋"，嫩而不老，与众不同。女主人月如揭示了其中诀窍：分两次蒸。第一次用鸡蛋三枚，加去油的火腿汤一茶杯、盐少许，打透蒸熟，就像极嫩的水豆腐。这时才加火腿屑、冬菇屑、虾仁等作料，另外再打一个生鸡蛋，连同蒸好的嫩蛋，一起打匀，看浓淡酌量加冬菇汤。这样上笼蒸出的蛋羹，作料才能均匀分布，味道好极了。

　　三鲜蛋这做法，花样复杂得很，也吃不到了。广州城里德厨新哥的鲫鱼蒸蛋、濑尿虾蒸蛋，很得三鲜蛋的精髓，也很好吃。大家去了可以尝尝，不会错！■

如何做好吃的烤牛肉

西餐中的烤牛肉，有几家做得不错，我特别喜欢跃餐厅的豉椒牛肉。他们家的烤澳大利亚牛肉，也是一流。恰到好处的三成熟火候，保留了牛肉原有的风味，又有果香、花香和草香，肉嫩至极！

不习惯西餐的人，见到血淋淋的肉，以为不熟，自然内心抗拒，即便勉强试一下，在抗拒心理下也自然产生不好吃的感觉。但这个感知是错的，因为你所看到的血淋淋的东西，不是血，而是肌红蛋白。杀牛的时候血早就放完了，即便有少许残留，也凝结成块状，怎么会是液体状？不信你煮一下鸭血猪血，看看能否变成液体。

我特别留意跃餐厅七哥在操作时的两个细节：一是用探温汁插入肉中，试探牛肉中心的温度；二是烤好的牛肉并不是趁热吃，而是静置一段时间再切开分盘。为什么要静置一段时间呢？那是因为烤牛肉时，热量从外向内传导，外层肌肉更香的同时，也不可避免地因为肉汁流失而变干变柴，静置是让肉中心的肉汁可以分散到烤干的外层，整块肉因此变得更加柔嫩。

　　跃餐厅还想方设法把西式烤牛肉做出中国味道：将豆豉和青椒弄成酱，涂在牛肉表层，赋予了西式牛肉的中国味道。究竟何时为烤肉入味？有趣的是，科学家们还认真做了实验，在侧腹牛排烹饪前撒上盐，半小时水分流失只有约1%，几乎可以忽略不计。所以，烤牛肉何时入味，不会影响牛肉的嫩老。

　　科学家们还动用了扫描式电子显微镜和X光射线，监测不同阶段加盐，盐在肉里的含量，结果也几乎没有差别，这说明在烹制的不同阶段调味，对味道也没有影响。这大大出乎厨师们的普遍认知，大家一直以为早加盐会更入味，同时会造成肉变老。

　　牛肉营养丰富，但却不是国人的主要日常肉食来源，这与古人对牛的用途划分有关：牛是用来当祭祀工具和耕田用的，不是用来吃的。

科学家把肉的结构研究得很透：肉由肌肉细胞组成，它们组成纤维束。肌肉细胞外面有一层细胞膜，里面有水、蛋白质、脂肪……

烹煮肉类的要求无非是吃得安全、容易咀嚼、好消化、让味道更好。生肉风味不足，尤其香气很少，经过烹调后可以强化味道和香气。肉品只需稍加烹煮到60度，也就是常说的三分熟，肉汁的释放就达到了极致。温度继续上升，肉也随之干掉，细胞分子分解，重新结合成新的分子，原有的风味减弱了，但也带来了新的果香、花香和草香。70度左右，肉里的结缔组织开始溶解为明胶，软化成果冻般的质地。

人们通常喜欢柔嫩多汁的肉，也就是控制在60度，但坚韧的结缔组织里的胶原蛋白转化成液态又得在70度以上的温度长时间烹煮，这是一对不可调和的矛盾。更要命的是，肉的热传导由外及里，当里面达到60度时，外面已经干掉了。分阶段烹煮、隔热、低温慢煮等手法可以解决这些矛盾，这是厨师烹调的技巧。总之，根据每块肉的不同情况，控制好温度，保留住肉汁，就是厨师们在千方百计捣腾的东西。

在明朝以前，私自杀牛吃牛的人或多或少都要受惩罚！有人做了统计，周朝的时候，除了大型祭祀之外，不许杀牛，普通百姓要是敢杀牛，就是有窃国之心，一旦被人发现，难逃一死；汉朝，除了杀人要偿命之外，杀牛也要偿命；隋唐，杀一头牛要坐一年牢；宋代，杀牛者要被罚三年苦役，为朝廷白干三年重体力劳动，让杀牛者体验一番比牛还累的日子；元代，杀牛者杖刑一百，杖刑之前受刑者往往需要先对衙役使些银两，不然一百杖落下，非死即残。直到明清时期，因为生产力的提高，才渐渐允许民间食用牛肉。《水浒传》中英雄们下馆子，动不动就说切几斤牛肉，那是小说家用他们当时的生活想当然地描绘过去，信不得。

当然，也有例外，比如最高层就可以吃。古代祭祀时的"太牢"，就是牛羊猪，这是周王才可以享用的，祭祀完当然也就可以吃了。至于王公大臣，祭祀时只能用"少牢"，

就是羊和猪,少了牛!后人干脆也用"太牢"指牛,我们现在说"你牛""牛人",可见牛之地位。

前面所说的私宰牛的种种处罚,只针对普通老百姓,对官员,则处理起来轻好多。南北朝梁朝有个名动天下的大臣叫谢朏,此人牛得很,是谢安的族孙,以文学和做人有气节名留于史。"千金"一词用来形容人,还与他有关,元朝之后"千金"才用来指女儿。他的儿子谢谖官拜司徒右长史,相当于现在正国级领导的秘书长。这位谢长史不知道因为什么原因,突然在家里杀了一头牛,被人告发,触犯了法律,被罢官为民,虽然没有杀身之祸,后果还是挺严重的。

牛肉少吃,怎么做牛肉自然就相对外行。翻阅古代美食文献,少有对如何烹煮牛肉的记载。《水浒传》里动不动就切几斤牛肉上来,应该是酱牛肉,这种吃法比较多见,大吃货袁枚在《随园食单》中就记载了牛肉的做法:"买牛肉法,先下各铺定钱,凑取腿筋夹肉处,不精不肥。然后带回家中,剔去皮膜,用三分酒,二分水清煨,极烂,再加秋油收汤。"秋油就是酱油,还是酱牛肉。

酱牛肉入味,但长时间烹煮,肉汁流失,肉老了,口感就变柴了。袁枚已经很讲究了,酱牛肉味道也不错,而如西人般的烧烤则未见,估计是掌握不了烤牛肉的分寸,所以弄不好。

　　跃餐厅的牛肉，七哥现场表演，优雅得很，价格当然不低。
据说城中还有两家做自然熟成烤牛肉的，也不错，但我没吃过，
没有发言权，就此打住。■

有一腿

　　好吃的人总会在一起。东莞的李先生，毛衣织得极好，哥弟的应先生，衣服做得极好，都是好吃之人，时不时齐聚德厨，胡吃海喝。李先生追寻美食不怕千辛万苦，从东莞带来切好的窖藏三十六个月的伊比利亚火腿。最近5J火腿很忙，频频在高档宴会亮相。但一条火腿，十几个人怎么都吃不完，再保存也就逊色了好多，李先生切来两盘，够用心。

　　西班牙火腿从原材料上可分为塞拉诺火腿和伊比利亚火腿两类。塞拉诺火腿由常见的白蹄猪制成；伊比利亚火腿用产量稀少的伊比利亚黑蹄猪制成，而且经过数年的窖藏，味道更为浓郁。

　　窖藏三年的火腿，口感紧致又细腻，一盘火腿端到眼前，首先视觉上就是一种享受：赭红色的火腿上，密如蛛网的纹路是猪肉的脂肪，间或一些石灰岩般坚硬的白点是酪氨酸和氨基酸的结晶。不要用叉子，而是用手去捏火腿，这样能感受那层细腻润滑的油脂。送到嘴里去，是甘甜与微咸交织在一起的味道。脂肪柔滑无比，很快融化掉，在口中留下馥郁的榛果香气、奶油和花卉的综合芬芳，浓郁而绵长。这样的火腿真是让人上瘾般一片接一片吞吃下去。

这种口感和味道是怎么形成的呢？肉类中添加盐能有效抑制微生物的生长，从而储存得更久，这是人类制作腌肉的初始动力。制作腌肉的手法还收获了额外的礼物，这实质上是一个熟成的过程，高盐分会使肌肉细胞内成束的纤维形肌动蛋白散开，就如同马尾辫改成了披肩发，手感自然更加柔顺，加上盐分对肉的脱水作用，使得火腿获得了一种紧致却又细嫩的神奇口感。

稍微遗憾的是，从东莞切好运到广州的火腿不是鲜红，而是绛红。腌肉过程中，耐盐细菌能将硝酸盐转化成亚硝酸盐，亚硝酸盐在火腿腌渍过程中，会生成一氧化氮，它能优先与肉中肌红蛋白里的铁离子结合，生成深红色的亚硝基肌肉红素，这就是腌肉呈现出艳丽红润色泽的原因。由于火腿是切好后运过来，虽然用保鲜膜包裹，但与空气结合后，颜色也就从鲜红变成了绛红。

西班牙火腿驰名世界，以生吃为佳。我国也产火腿，以浙江金华、江苏如皋，江西安福与云南宣威出产的火腿最为有名。唐代陈藏器在《本草拾遗》中就说"火胵，产金华者佳"，那时还不叫火腿，但说明最迟在唐朝就已经有火腿，只是叫法不同。

有一种说法，说南宋抗金名将、金华人宗泽，因军中猪肉多，让人割下猪大腿腌制成咸腿，并进贡给宋高宗。宋高宗见咸腿颜色红似火，故赐名火腿。据说现在浙江金华卖火腿的，还供奉宗泽，认宗泽为火腿的祖师爷。

一种食物，与皇帝扯上关系，感觉立马不同。但很遗憾，上述说法纯属瞎扯：如果不认唐开元时陈藏器的火胵即为火腿，那么，还有比宗泽早近百年的苏东坡就写过火腿。据说可能是苏东坡写的《格物粗谈·饮食》明确记载火腿入菜做法，"火腿用猪胰二个同煮，油尽去。藏火腿于谷内，数十年不油，一云谷糠。"大概意思是：火腿和猪胰脏一起煮，就不油腻了。把火腿放在稻谷或谷糠里，几十年都不会有油臭味！苏东坡已经知道火腿怎么烹制，如何收藏，轮不到后辈宗泽！后人考证，《格物粗谈》应该是有人冒充苏东坡的名写的，但不管是谁写的，成书于北宋，比宗泽早好多年！

和西班牙火腿一样，金华火腿也需要时间转换。清朝吃货袁枚就说，三年可以出个状元，可三年不一定出得了一个好火腿。他在《随园食单》里说过三个火腿菜，一个是火腿煨肉，把火腿和鲜肉同煨，加酒、葱、花椒、笋、香菇，有点像现不同于加热，腌渍能保留下较多肉本身的活性生物酶，生物酶缓缓将大分子蛋白分解成味型丰富的多肽和氨基酸，时间又将它们组合变幻出了类似奶油、瓜果和花卉的芬芳。

科学家为了破解伊比利亚火腿香味的秘密，很是认真地研究了一番。研究发现，火腿中的香味分子主要是烷类，这是一类由碳原子和氢原子用单键结合起来的化合物。

进一步的研究发现，这些烷类又分为直链烷类和支链烷类，直链烷类从猪肉的脂肪分解而产生，而支链烷类则来自于伊比利亚猪所吃的橡果，这印证了为什么伊比利亚火腿有独特香味，其他产地的火腿无法企及！

在上海和江浙一带的一笃鲜。一个是大白菜炖火腿，"连煨半日，上口甘鲜，肉菜俱化"，这个菜费柴火，就为喝一口汤，牙口不好的老人家合适。一个是用蜜火腿，以蜜和酒煨至极烂，就是现在的苏州名菜"蜜汁火方"！

在袁枚眼里，火腿不仅不能生吃，相反要"煨至极烂"。估计袁老先生牙也掉得差不多了。金圣叹死前给他儿子一个秘方，说花生米和豆腐干同吃，可以吃出火腿味。估计老金当时没钱买火腿。

西班牙火腿可生吃，我国火腿宜熟食，都很美味！需要注意的是，火腿虽然美味，但不宜多吃，因为亚硝酸盐会和肉类中的其他成分生成有害的亚硝胺。世间万物，祸福相依，适可方是最好！■

德厨的咕噜肉

德厨餐厅新哥推出的咕噜肉，亮丽光泽的外观，让人食欲大增；悠然飘过的酸香，令人口水横流；松脆、入口即化的口感，令人迷恋；酸甜的味道，酸而不呛，甜而不腻，内敛、含蓄，令人回味。

咕噜肉酸甜的口味本是苏浙菜独有。鸦片战争前，广州是唯一的对外通商口岸，江苏、浙江商人带来丝绸，也带来了扬州菜，其中的酸甜排骨深受外国人欢迎。但吐骨头这个事对吃惯西餐的鬼佬来说，技术难度太大了，广州的餐厅为了迎合外国人的口味和习惯，用猪里脊肉代替排骨。因其太好吃了，让人想起来不禁肚子咕噜咕噜叫而得名。有的人也叫它古老肉，这是说它的前身酸甜排骨历史悠久。

这道咕噜肉，新哥用的是头刀肉，比传统的半肥瘦肉少些油腻。为了让它更松嫩，还用刀背敲肉，物理性破坏猪肉的肌肉纤维。脆浆的调配，是他经常研究的课题。脆是食物脱水的结果，脱水的程度，决定脆的差异，也影响食物味道的保存和提升。火候不够则不脆，过了则汁液流失，味同嚼蜡。

　　很多咕噜肉是酥脆，新哥则做到松脆，这两者的区别其实非常大。酥脆是面粉中淀粉夹着一百多层脂肪，松脆是面粉中淀粉夹着足够的二氧化碳。两者的区别，就是油腻与不油腻的区别。我们本身已经够"油腻"了，遇上不油腻的松脆，自然就无法拒绝地接受。

　　新哥的咕噜肉，酸味配方用的是山楂汁、柠檬汁、菠萝汁，而不是醋或者番茄汁，酸味十分柔和，令人回味。酸味是有机酸、无机酸和酸性盐产生的氢离子引起的味觉，适当的酸味能给人以爽快的感觉，并增进食欲。

　　和工业化一样，饮食的发展趋势是以效率优先。未有醋之前，古人吃酸只能用梅子捣碎之后，取其汁调味。《尚书》中的"若作和羹，尔惟盐梅"，意思是说，要想做味道好的肉羹，离不开咸味的盐和酸味的梅。那个时候，给饭菜调味的除了盐就是梅，饭菜滋味，未免寡淡。

一般来说，酸味与溶液的氢离子浓度有关，氢离子浓度高则酸味强，酸味还与酸味物质的阴离子、食品的缓冲能力等有关。酸味物质的阴离子还决定酸的风味特征，如柠檬酸、维生素 C 的酸味爽快，葡萄糖酸具有柔和的口感，醋酸刺激性强，乳酸具有刺激性的臭味，磷酸等无机酸则有苦涩感。明白这些道理就可以知道这道菜的奥妙之处了：选用山楂、柠檬、菠萝榨汁，由柠檬酸和葡萄酸构成的酸味，相比醋酸，更加爽快柔和。

有专家考证，汉朝之后才有了以植物淀粉为主料，经发酵制成的酸性调味品——醋。五代陶毅在《清异录》中说："酱，八珍主人也；醋，食总管也。反是为，恶酱为厨司大耗，恶醋为小耗。"陶毅不但封醋为食总管，而且认为厌弃酱、醋是厨师的绝大损失。

宋朝是中国饮食从简单应付走向繁荣丰富的分水岭，醋也自此走上重要的位置。醋之佳品甚多，镇江香醋、山西老陈醋、四川保宁醋、天津独流老醋，各有特色。袁枚在《随园食单》中说："镇江醋颜色虽佳，味不甚酸，失醋之本旨矣。以板浦醋为第一，浦口醋次之。"板浦镇在江苏灌云县，当地的汪恕有滴醋仍很有名。

哪里的醋好，各人有各人的标准，反而来自水果的葡萄酸和柠檬酸却鲜有人问津。新哥把这些都捡了起来，十分难得。大家到德厨，记得叫新哥上这道菜，不会令你失望。

好酒好蔡的脆皮猪手

我喜欢吃猪手，尤其是好酒好蔡的脆皮猪手，绝了！

好酒好蔡的脆皮猪手，取猪蹄前面一截，低温慢煮几个小时，猪蹄从里至外同时软糯，连骨头都被煨至酥弱，再将猪蹄油淋火烧，猪皮脱水变脆，真是外脆里嫩；用高汤、花胶和京葱调成的酱汁，高汤谷氨酸的鲜和京葱硫化物释放出来的特有香味，被花胶释放出来的一层明胶紧紧包围，无处可逃；带着温度的刀叉切出猪蹄，蘸上酱汁，各种香和各种鲜纷至沓来，简直有一种虚幻，闭上眼睛，你想象中的一切美好，仿佛马上出现……

鲜有人不喜欢吃猪蹄的，这主要是猪蹄价廉物美。价廉自不待说，物美却有它的神奇之处：从皮到肉到筋，都是丰富的结缔组织，满满的胶原蛋白，只要炖煮时间够，这些胶原蛋白就会分解为明胶，表现出来的就是软糯。

人类饥饿的时间远远多于物资丰富的时间，好不好吃的记忆，就是在饥饿时期形成的。营养丰富的食物，往往表现出软糯的特质，大脑因此也形成"凡是软糯的就是好的"这样的判断，加上胶原蛋白美容护肤的宣传，吃到软糯猪蹄，正常人都会有满满的幸福感；一味的软糯还不行，一巴叽就吞下去了，不过瘾，所以最好还要有嚼头——通过咀嚼，鲜香逐渐释放，幸福感延长；油脂慢慢释放，不会一下子冲出来，所以不腻。满满的幸福感，绵绵不断，而且还不油腻，请问，这世间，还有一种食物可以与猪蹄媲美的吗？

当然，要做到软糯又有嚼头，这可不容易，此中火候的把握，门道深得很。胶原蛋白在 70 度时开始溶解为明胶，软化成果冻般的质地，继续加热，它又会重新集结，变得又硬又韧，要让它重新变得软糯，则需要长时间的炖煮。这个特性，放在猪蹄上就是个难题：当猪蹄表面已经到了 70 度时，里面还冷若冰霜。当里面已达到理想的 70 度时，外面早已热血沸腾，又变得坚硬异常。长时间的炖煮倒是可以解决问题，但却软糯没有嚼劲。

好酒好蔡用低温慢煮解决这一问题，温度始终保持在 70 多度，时间够长，自然就会渗透进去，最后一起达到共同的 70 度。而且，长时间的低温慢煮，猪蹄里的嘌呤已经释放到汤里，猪蹄变得好吃又健康，这是痛风病人的福音。低温慢煮好是好，就是太费时间，家里不好操作。我的方法是用高压锅，中火，从冒汽开始算 15 分钟左右即强行降温降压，再加热收汁，就差不多了。

　　广府人将猪蹄叫猪手，意指"就手"，顺便、顺利之意，图个吉祥。尤其是春节那几天，上饭馆吃饭，不点个"发财就手"，都不应节。只是那时候饭店的这个菜，基本上都不好吃——反正谁都会点这个菜，一大早就炖好一大锅，码好上桌就是。这种不用心做的菜，怎么可能好吃？

　　猪手这个叫法，根本就是一个错误，人和动物的区别之一，就是直立行走。手解放了出来，可以制作工具，干一些脚干不了的事，从此由猿变成人。手和脚有不一样的分工，怎好混为一谈？把猪蹄叫成猪手，为什么不把牛蹄羊蹄叫牛手羊手？

　　把猪蹄叫成猪手，早就有人反对。宋朝有个叫庄绰的，泉州人，穴位研究专家，他在记载大量全国各地民俗、物产、饮食和医药知识的《鸡肋篇》中就有这样的说法："南方举子至都，讳蹄子，谓其为爪，与獠同音也。"他对南方人叫猪蹄为猪爪意见很大，说"爪"和"獠"同音，"獠"，面貌凶恶也，不是什么好意头。

　　其实，猪蹄这个叫法，也可以很吉利。清朝褚人获的笔记小说《坚瓠集》就记载："南都乡试前一日，居亭主人必煮蹄为饷，取熟题之意"。哈哈，题目都熟悉，哪有考不好的道理？这个乡试之前吃猪蹄的做法，仿如今天广州师奶高考场外穿旗袍。对同一食物，各个地方有不同的叫法，此事不宜较真，当笑谈可也。

　　猪蹄能够成为平民美食，除了美味，还有经济学上的另一个原因：量多，贵不起来。自有肉吃以来，猪肉就一直处于肉食鄙视链的末端，一只猪有四个猪蹄，猪蹄又多骨，能提供的蛋白质和脂肪远比不上猪肉猪油，所以只能与猪杂猪骨为伍。吃起来还要啃，斯文扫地，所以也登不上大雅之堂，只能与我等平民百姓为伍。记载南宋都城临安市民的文化生活和游艺活动的《西湖老人繁胜景》，就有**"大店每日使猪十口，只不用头蹄血脏。"**大店都不售，可见猪蹄之不受待见。

　　不过，猪蹄还是终于挤进最高殿堂了。这事发生在大清朝，游牧民族大口吃肉，对吃相倒不太讲究。清朝陆长春的文言短篇志怪小说《香饮楼宾谈》卷二就说了这么一个故事：嘉庆年间，翰林院侍读学士顾元熙，时常享受皇上赐食之恩荣，到光禄寺吃吃官饭。光禄寺是主管皇宫吃吃喝喝的，但饭做得不一定好，曾入选"京城十大可笑"之一，有多难吃？顾耕石写了一首《黄莺儿》，呈送给老熟人、光禄寺卿卞斌。词曰："**蹄子小多毛。秤梗鳗，着腻烧。海参倔强蹄筋跳，鱼虾寿夭，鸡鹅寿高。冬春米饭黄而糙。最难熬，新刍水酒，故意满台浇。**"海参倔强蹄筋跳，这话说得够损的，光禄寺的厨师，不认真做饭，再好的食材，也做不出美味。

　　好酒好蔡的出品，多被模仿。这道脆皮猪手，市场上还真没见过，估计是工艺复杂，学不来。再者，猪手卖不出高价，也就不费那个劲了。将一道平民菜研制成如此美味，这就是蔡昊对美食的态度。要放在大清国，估计结局只有一个："传蔡昊进宫"！

第三篇

CHAPTER 3

水产淡鱼

禾虫过造恨唔返

有的老广喜欢吃禾虫，有多喜欢呢？有个传说，说有个嗜食禾虫的农妇，其夫初丧，遂循俗捧盆到河边"买水"，以示"洁净身体，魂归故里"。回途中，忽闻"禾虫"叫卖声，竟置礼法于不顾，马上泼掉所"买"之水以盆装买禾虫。旁人劝阻，答曰："老公死，老公生，禾虫过造恨唔返！"这是一句粤语，水稻一熟为一造，这句话是说，过了禾虫成熟的季节，后悔莫及！

禾虫，福建叫流蜞，学名疣吻沙蚕，多毛类，是水生动物。其色金黄带红杂绿，虫身丰腴，含浆饱满，行动缓慢，样子可怕，多栖身于咸淡水之交的稻田表土层里，以禾、植物为食，身长3—4厘米，形状似蜈蚣，所以也叫海蜈蚣。其实，它和蜈蚣一毛钱关系都没有，蜈蚣属于节肢动物，禾虫属于环节动物，不是一个门的。

禾虫倒是与蚯蚓更接近，都属环节动物门，只是禾虫是多毛纲，每节都长毛，所以长得更像蜈蚣，而蚯蚓是寡毛纲的，毛少得几乎肉眼看不见。但它们都在泥中钻洞，取食泥沙中的有机物，生活习性更接近。但不管是长得像蜈蚣，还是分类上更接近蚯蚓，外形都十分可怕，送进口中，也真的需要"梁静茹般的勇气"，并不是所有老广都敢吃，更别说外省人了。

　　禾虫煲莲藕眉豆汤、禾虫炒饭，只是简单地让禾虫的呈味氨基酸表现出来，已经鲜得让人瞠目结舌。我个人喜欢的做法是钵仔禾虫焗蛋，禾虫埋在鸡蛋里面，这样看起来没那么恐怖。不管何种烹饪方法，事先都得清洗，既要把泥土洗干净，又不能让禾虫爆浆，否则，浆和泥混在一起，只能弃之不用了。方法是两手拉细绳在盆里一兜，禾虫即攀挂于绳上，把它们放到细网筛上轻柔洗净，再放入干净盆中。

　　烹制钵仔禾虫，要先将生油淋入装禾虫的盆中。大群禾虫在油中蠕动，这一步可使禾虫喝油，更为丰盈饱满，并自动爆浆。待禾虫爆浆后，要加入鸡蛋、陈皮、蒜蓉拌匀，盛入瓦钵后蒸熟，冷却后连瓦钵明火烘干，或在焗炉中烘烤，之后撒胡椒粉，即成一味闻之奇香、入口欲罢不能的钵仔鸡蛋焗禾虫。

　　禾虫的"浆"，是禾虫美味的关键，屈大均在《广东新语》中说"得醋则白浆自出，以白米泔滤过，蒸为膏，甘美益人"，这个"白浆"，其实是禾虫的精子和卵子。每年农历四月至五月、九月至十月，是禾虫的繁殖期，平时生活在河流入海处稻田泥土里的禾虫，会在涨潮期时的夜晚出动，繁殖后代。这是一种十分特殊和壮观的交配方式：涨潮时，水的盐度较高，释放出来的禾虫卵才可存活；潮退时，受精的禾虫卵随潮水退去散布在远方，更方便觅食。

　　禾虫没有任何自我防御功能，一冒头可能就被其他动物吃掉，只能采用孤注一掷的策略，集体钻出泥土，庞大的数量和夜色的掩护，确保了一定的存活率。经过一个多小时的前戏，

154

雌虫裂开口子，把卵子排出来，雄虫释放出精子，卵子和精子在水中结合，形成受精卵。禾虫的幼体，会先在水中浮游，以藻类为食，长大后就钻进泥土里。

渔民的任务，是在禾虫浮出水面，还没排出卵子和精子之前将它们一网打尽。一旦卵子精子排出来，就是"爆浆"，这样的禾虫，味道就差远了。不用担心这种捕捞方法很残忍，总有漏网之虫。每只禾虫怀揣 20 多万卵子，生殖能力惊人，而且，禾虫一旦排出卵子和精子，也就走到了生命的尽头，干瘪的躯壳，沉入水底，这种生命的轮回，非常伟大，舍身只是为了下一代。当然，你也可以理解为，禾虫们"爽死了"！

早在汉朝，捣鼓出豆腐的淮南王刘安率领的写作班子写的《淮南子》，就两次写到禾虫："作鄂之岁，岁有大兵，民疾，蚕不登，菽麦不为，禾虫，民食五升"，"大渊献之岁，岁有大兵，大饥，蚕开，菽麦不为，禾虫，民食三升"。看来，那时的人一般也不敢吃禾虫，但大荒之年，只能鼓起勇气，吃禾虫度过饥荒。

清朝的赵学敏在《本草纲目拾遗》中说："禾虫，闽广浙沿海滨多有之，形如蚯蚓"。其实，禾虫不只浙江、福建、广东有，2009 年上海辞书出版社的《大辞海·生命科学卷》说禾虫"中国黄海和渤海沿岸很多，可为鱼、虾、蟹等的食饵，亦用于水质监测。有多种，分布于长江口的日本沙蚕（N.japonica），俗称'水百脚'，秋季常由海上溯至河口或稻田中生殖"。

禾虫虽然样子狰狞恐怖，但确实美味，这缘于禾虫富含丰富的蛋白质和氨基酸。禾虫的鲜味非常浓烈，这主要是其呈味氨基酸约占总氨基酸量的58%。钵仔生焗禾虫、禾虫焗蛋、生炒禾虫，超过140度，发生美拉德反应，蛋白质还分解为鲜味的氨基酸，所以又香又鲜。

日本也有禾虫，江户时代的《千虫谱》中就绘制有禾虫，不过他们叫"丰年虫"。康熙朝的监察御史、浙江人吴震方在《岭南杂记》说："禾虫绝类蚂蟥，青黄色，状绝可恶劣"，蚂蟥就是水蛭，两者根本不像，我怀疑吴震方连禾虫都没见过。不过他又说"滴盐醋一小杯，裂出白浆，蒸鸡鸭蛋、牛乳最鲜"，禾虫爆浆蒸蛋或蒸牛奶，看来是一吃货。

聂璜在《海错图》中说："渔人识此者，多能烹而啖之，其法以油炙于镬，用酽醋投，爆绽出膏液，青黄杂错，和以鸡蛋，而以油炙，食之味腴。"这是禾虫煎鸡蛋，福建做法，他说禾虫"青黄杂错"，观察很到位。禾虫绿里泛蓝的是母的，红里透黄的是公的，两者味道上没什么区别。但他接着说："尝闻蟒蛇至大，神龙至灵，而反见畏于至小至拙之蜈蚣。今海中之形确肖，疑洪波巨浸之中亦必有以制毒蛇妖龙也。"大意是说龙会害怕陆地上的蜈蚣，就认为禾虫是海生的蜈蚣，可以制服海中的毒蛇妖龙，这就是胡扯了。

有一首写禾虫的诗，诗曰：

> 一截一截又一截，
> 生于田陇长于禾。
> 秋风鲈鲙寻常美，
> 暑月鲥鱼亦逊之。
> 庖制味甘真上品，
> 调来火候贵中和。
> 王侯佳馔何曾识，
> 让与农家鼓腹歌。

诗名《见食禾虫有感》，写诗的人叫黄廷彪，字豹伯，人称彪虎，原籍顺德，世居广州番禺溪峡乡，就是现在的海珠区海幢街。这人勇武得很，是一名武将，以捕海盗有功扬名，做到高雷廉州镇总兵，相当于军分区司令。他对地情、海情、水文、天文、气象、地理环境、潮汐涨落、风势上下颇有研究。对潮汐涨落的研究，恰好给他弄懂了禾虫出没的规律，作为一个好吃的老广，吃禾虫之余，也"咏"了一番，不错不错，尽管诗写得很一般。

158

　　禾虫好吃，但有很强的季节性，除了爆浆与否，四五月份的禾虫就不及九十月份的美味。由于农药的应用，禾虫的生长环境大受破坏，产量也严重下降，价格升到一百多元一斤。现在市场上吃到的禾虫，有的是从越南进口的，也不错。也有人工养殖的，在稻田里养禾虫，人工摸拟涨退潮，捕获禾虫。不过，这些禾虫不一定有浆，味道自然逊色不小。

　　有些美味，有很强的季节性，时候到了，我们才尝一尝，这种仪式感，不好吗？

和味龙虱

　　都说广东人天上飞的除了飞机，地上躺的除了桌椅，其他的都拿来吃，这句话形象地说出了老广对食物的无所顾忌。我不挑食，也敢于接受挑战，但是，面对一些样子恐怖的食物，确实也不敢下箸。四川的朋友李总来广州，我们宴请他们一行，善于搜罗各种奇形怪状食物的徐姐姐，带来了一碟和蟑螂长得一模一样的"和味龙虱"。

　　怎么吃？徐姐姐做了个示范：首先，把它背上的两只硬翅膀剥去。然后，用拇指和食指轻轻旋动它的头部。头颈连接处有一条线状物一直连着身体，把线状物完整地拖出来，这样它的肚肠也跟着出来了。然后闭上眼睛，张开大嘴，直接放入嘴里，慢慢咀嚼。据说香、脆、酥、甘环绕口腔，绝对让你回味无穷，据说吃了龙虱半夜你绝对不用起床尿尿，一觉美美地睡到天亮。

　　为什么叫龙虱呢？清朝博物学家聂璜的《海错图》给出了答案："此物遇风雷霖雨，则堕于田间，故曰龙虱。"古人认为打雷下雨，是龙在抖动，龙一抖，身上的虱子就掉了下来，觉得这些怪物就是龙身上的虱子。

龙虱，俗名水鳖，别名泽劳、黑壳虫、水龟子、水鳖虫、射尿龟、小龟子。昆虫纲，鞘翅目，肉食亚目，龙虱科水生昆虫。全球有4000多种，中国有230多种。龙虱在我国分布较广，主产于广东、湖南、福建、广西、湖北和黑龙江省的松嫩平原。吃龙虱的主要是广东人，以至于野生龙虱都不够老广吃，开发了人工养殖，可见老广有多喜欢。

其实，龙虱是水生昆虫。雨后闷热的夜晚是昆虫活动的高峰期，水生昆虫会钻出水面活动，龙虱也不例外。说龙虱是龙身上的虱子，这一说法，连聂璜都不相信，所以在《海错图》中它说"岂真龙体之虱哉？"聂璜已经是那个时代很有见地的动物学家了。

老广餐桌上的龙虱，通常有两种：一种是身体两侧各有一条鲜艳的黄边，叫"金边龙虱"，又叫"母龙虱"；另一种是不带黄边的，叫"公龙虱"。《海错图》里说"龙虱状如蟑螂，赭黑色"，没有说带黄边。书中画了正反两面两只龙虱，也没带黄边，看来聂璜画的是"公龙虱"。

现代生物学家已经给出了答案：聂璜画中的龙虱，和老广口中所说的"公龙虱"，其实是另一类水生甲虫，学名水龟虫，又叫牙甲，并不是真龙虱，只是长得很像龙虱而已，"金边龙虱"才是真龙虱！别看龙虱种类繁多，能拿来吃的只有金边龙虱，因为它够大，其余常见的三星龙虱、三斑龙虱、锦龙虱、墨龙虱，都因个体太小，上不了餐桌。

　　金边龙虱长 3.5~4cm。前胸及鞘翅两侧黄条斑中间夹有一条黑色斑纹，分辨它是公是母并不容易。母的金边龙虱鞘翅上密布沟纹或皱纹，仅端部及中缝处无纹。把水龟虫当成"公龙虱"这个乌龙，聂璜几百年前就摆了，现在喜食龙虱的老广们继续指鹿为马，就不应该了。真龙虱肉比水龟虫多，说"母龙虱"比"公龙虱"好吃，这倒是对的。

　　老广喜食龙虱，不仅是因为它美味，还因为传说中的神奇疗效，比如说可以治晚间尿频。唐朝陈藏器撰于开元二十七年的《本草拾遗》说它"主治小儿遗尿、老人尿频和面部褐斑"。清代赵学敏的《陆川本草》说它能"滋养强壮，治小儿遗尿"。

传说中龙虱的功效，还有什么滋补强壮，治疗肾炎，补肾填精等。龙虱体中的蛋白质含量占干重的57.13%，粗脂肪含量占27.34%，总糖含量占8.51%，还含有多种脂肪酸，所以说可以滋补还有些靠谱的。

说龙虱有美容健肤之功效，人补充了蛋白质，吃得肥肥胖胖，看起来确实是精神饱满，面色红润，这些说法都没毛病。现在还在龙虱身上发现有超氧化物歧化酶，就是化妆品大宝SOD蜜宣传的那个东西，理论上可起到促进微循环、破坏氧化自由基和防老抗衰作用，这个作用如果大力宣传，龙虱的价格那就上天了。

加工龙虱时，要先给龙虱排尿，方法是常温水下锅，加热，随着水温升高，龙虱就撒出尿来，古人估计是看到这一现象，就联想到这一功能。为什么只针对老人和小孩呢？因为青壮年少有尿频的。小孩遗尿，是因为膀胱肌未发育成熟，老人尿频，是因为前列腺增生，龙虱能否解决这些问题，我就不懂了。

龙虱治小孩遗尿老人尿濒，这一说法，连聂璜都未予采信。他倒是说了龙虱的另一功能——化痰。这一神奇功能又是怎么推理出来的呢？《海错图》说："鸭食之则不卵，故能化痰"。大概逻辑，一是鸭子吃了龙虱就不下蛋；二是那是因为龙虱把蛋化了；三是人如果吃了龙虱，就会把痰化了！这个推理链条之牵强，真的让人摇头。除了逻辑不通，还有一处致命伤：鸭子吃了龙虱就不下蛋，是真的吗？如果鸭子吃了龙虱就不下蛋，那么人吃了龙虱岂不是会导致流产？这个逻辑比化痰更靠谱啊！

　　老广好吃，不论好丑，这个传统，可谓历史悠久。南宋时长期在广西钦州从事教育工作的周去非在《岭外代答》中就说："深广及溪峒人，不问鸟兽蛇虫，无不食之。其间异味，有好有丑"。这里的"深广"，指广州的偏远地区，"溪峒"指的是西南地区少数民族，云南贵州一带。这些地方获取蛋白质不容易，鸟兽蛇虫就是很好的蛋白质来源。古人这一传统，还只极限于偏远地区，而今人却把它发扬光大，把它们端上大都市的餐桌。这真是应了一句广州俗语："唔理好丑，至紧要就手！" ■

海参，有多深？

我不喜欢吃海参，盖因海参无味，能将海参做得好吃的，凤毛麟角。当然也有做得不错的，比如大董的葱烧海参、好酒好蔡的脆皮婆参、柏景轩的柚子黑醋汁实心脆皮海参、新荣记的鳗鱼佛跳墙中的海参，都很入味。

海参，因其传说中的营养丰富和各种神奇功效，被誉为"海中人参"。海参属于无脊椎动物、棘皮动物门、海参纲。全球有 1200 多种，我国约 140 种。别看海参种类繁多，但能食用的其实很有限，也就是 40 多种，我国有 20 多种。我国海参分布区域，有在温带区的黄渤海域，主要经济品种刺参，因外表长满"刺"而得名，是我国最为知名的海参种类；有热带、亚热带区的两广和海南沿海，主要经济品种梅花参。每 3—11 个肉刺的基部相连呈梅花状，故名"梅花参"，因体形很像凤梨，又称"凤梨参"。

　　另一种较常用的海参——光参，体表色黑而无刺，外形偏圆，肉厚皮薄，包括白瓜参、海茄子等，主要分布在东海、南海。因为生长周期短，产量大，绝大多数光参都比较便宜。另一种比较贵的海参——婆参，应该叫猪婆参，主要分布在澳大利亚、南太平洋岛国、非洲东海岸、东南亚等地区，其中以澳大利亚产猪婆参最好。之所以叫猪婆参，因其腹部两侧各有一排刺，类似母猪的乳头，且鲜活的猪婆参个体很大，趴在海底远远看去，类似趴窝的小猪。

　　海参的生长年限在 8—12 年，3 年以上的就可以称为成年参了。海参在成年之后，虽然个头大小变化缓慢，但随着生长年限的增长，肉质会越发厚实，口感也会更 Q 弹。国人太喜欢海参了，全球 90% 的海参都供我们享用，但还是不够，因此捣鼓起人工养殖。由于 3 年龄的海参见老不见长，再养下去没有多少经济价值，因此，3 年的海参已经是良心产品。至于 5 年，你就听听好了，又没什么可以验明正身。

海参，是地球上最古老的物种之一，已经在这个地球上生活了6亿年。曾经统治地球的恐龙，比海参晚生了3亿年，如今只剩下了化石，而海参依旧生生不息。海参具有超强的繁殖能力，一头4年以上的成年海参，一次可以产卵500万枚左右，因此只要有万分之一的成活率，都能保证海参家族繁荣兴旺。

至于吊笼养殖的海参，主要集中在福建省。南方海域的水温比北方要高，海参生长速度也比较快。每年10月份，福建的养殖户到大连去收购海参苗，拉回福建后放到吊笼里养殖，第二年四五月份的时候捞上来就可以上市了。这种海参也被称为"洗澡参"。通常情况下，一年的"洗澡参"就可以跟北方三年的海参差不多大，所用它来冒充三年甚至五年的辽参来卖，你也不知道。

最早记载海参的，是三国时期东吴一位叫沈莹的太守。他的《临海水土异物志》里，记载当时东南沿海、台湾民族风土物产的内容中有对海参情况的一些描述。"土肉如小儿臂大，长五寸，中有腹，无口目，有三十足，炙食"，经考证，文中提到的"土肉"就是指海参。

烹饪方式是"炙食"，也就是说，在临海，就是今天的台州，从海里捕捞上来的海参是在火上烤着吃的。元朝的百岁老人，曾受朱元璋召见的贾铭，在《饮食须知》里就有对海参注意事项的记载，评价其"味甘咸，性寒滑，患泄泻痢下者勿食"。说的是海参性寒，脾胃虚弱失调的人不宜食用。

明朝万历年间，记载政局时事和风土人情的《五杂俎》，也提及海参："辽东海滨有之，其性温补，足敌人参，故曰海参"。这里说的是海参有温补功效。崇祯七年（1634），靖江知县唐尧俞因为强买强卖绫罗绸缎、燕窝海参等商品被人弹劾。吏部、刑部要求他退还或照价给付，最终将其罢官。唐尧俞的继任者陈函辉曾作诗《天津买海参价忽腾贵》，其中有："海错何来到市间，天厨水族两争闲。参乎岂便金同价，饱耳宁须肉有山"。可见，那时的海参，价同黄金，很受热捧。

《红楼梦》第五十三回，缴租的礼单上出现过海参，而且多达五十斤，看来是干海参。袁枚在《随园食单》中，对海参的记录事无巨细，面面俱到，不仅罗列了香菇海参汤、芥末、鸡汁拌冷海参丝、笋丁香菇海参羹和豆腐皮、鸡腿、蘑菇煨海参四种海参的菜谱，还介绍了海参的挑选、处理及食法禁忌，可谓了解海参菜的入门与权威。

还是在清朝，官方对京城各大酒楼进行"资源普查"，将最终的结果汇编成《清稗类钞·饮食类》一卷。其中记载当时高档酒楼里海参多用于"烧"和"炖羹"，如"福兴居、义胜居、广和居之葱烧海参"。可见，彼时鲁菜已经是京城的主流。

在贾鸣说海参"性寒"之前，日本著名的汉方医学家丹波康赖（912—995），就提到一位叫崔禹的医师曾记载：海参"味咸，大冷，无毒，主补肾气，去百节风……其肠尤疗痔为验"。

海参受待见，但吃鲜活海参并不容易。海参有自溶酶，离开水五六个小时，失去营养源，自溶酶为了活命，就会分解蛋白质，海参就会自溶，化成一摊水，这也是我们平常很少能吃到鲜活海参的原因。怎么办？加热杀死自溶酶后把它晒干！

市场上常见的有淡干、盐干和糖干三种加工方式。

淡干海参通过对新鲜海参进行去内脏、清洗、沸煮、缩水、低温冷风干燥加工而成。淡干海参表皮和小足清晰，外表呈黑色或者灰色，是最好的干海参，水发量也高。

盐干海参通常经过水煮，然后加入盐做盐渍处理，烘烤后晒干。优点是保质期能长达数年，运输储存方便，加工方法简单，成本低。但是缺点也很明显，加工过程中造成营养损失，食用发制过程比较繁琐，有的不法商贩还会多次盐渍海参以增重。

糖干海参就是将盐干海参的制作过程中少量盐替换成大量的糖。上糖之后海参外观更加圆润，加之大量的糖可以增重，因此糖干海参的销售价格可以低出 30% 甚至 50%。糖干海参，口感带甜味，看起来漂亮，适宜送礼。但是，糖干海参相对比较潮湿，不能长期存放，涨发率和口感不如淡干海参，加工过程同样损失营养物质。

丹波康赖生活的时代，在中国五代和宋初。也就是说，直到宋之前，海参还不是大补，人们会拿它治疗痔疮。海参止血、溶栓、治痔疮，这个还可以沾边，今天，化学分析发现海参的酸性粘多糖，确实有调节凝血和抗过敏的作用。但只是治痔疮，值不了高价，要卖高价，只能论证它能壮阳。

清朝的赵学敏在《本草纲目拾遗》中就记载了这种无脊椎动物的药用价值，他说："海参性温补，足敌人参，故名海参。味甘咸，补肾经，益精髓，消痰涎，摄小便，壮阳疗痿，杀疮虫。"这个套路，不外乎什么因为补肾而壮阳，殊不知肾与壮阳根本没有什么联系：肾管尿，不管精。至于以形补形，则更是胡说八道，海参那东西，不就是圆柱形吗？萝卜也是圆柱形，为什么不壮阳？

除了壮阳，海参吸引人还有提高记忆力、延缓衰老等功效，依据是海参富含蛋白质、矿物质、维生素及多种天然珍贵的活性物质。其中海参的酸性粘多糖和软骨素可明显降低心脏组织中脂褐素和皮肤脯氨酸的数量，天门冬氨酸可以改善心肌收缩，具有保护心肌的作用。二者协同可达到促进心脏组织的细胞再生，促进旧细胞凋亡，起到延缓衰老的作用。

说海参有抗肿瘤功能，依据是海参体壁中有海参皂甙，具有抑制肿瘤细胞的生长与转移的效果。药物抗肿瘤的原理是抑制细胞增殖，延缓衰老、造血补血的原理是促进细胞增殖。在一只海参身上，怎么会存在两种相反的药效？

如果有，两者是不是就互相抵消？或者说海参可以聪明到选择性发挥某种药效。如果这也能让你相信，那不是海参聪明，而是你太好忽悠。

海参含水量极高，水发后的海参，热量低于99%的海鲜类食物，仅为25千卡每百克，而这25千卡的热量几乎悉数由蛋白质来提供。蛋白质质量占海参干物质的96%，其余则是0.1克的脂肪。高蛋白低脂肪，可以说是较为优质的蛋白质来源膳食。

实验结果显示，海参中的有效成分为海参多糖、功能性氨基酸、维生素、常量元素和微量元素等，其中海参多糖又称"海参黏多糖""海参硫酸多糖"或"海参蛋白多糖"，主要由氨基半乳糖、葡萄糖醛酸、岩藻糖和硫酸软骨素组成，对调节凝血和抗过敏还是有作用的。

从海参干物质中提取并鉴定出来的氨基酸多达 17 种，必需氨基酸总量有 17% 之多，其中海参中的鲜味氨基酸高达 44%。但是，种类多、比重大并不意味着数量多。相反，海参里的呈味氨基酸少得可怜，人体味觉细胞根本无法捕捉得到，这是海参没有味道的主要原因。从氨基酸推导出海参能助记忆力提升，这是脑子出问题。

海参是高蛋白低脂肪，脂肪是食物风味的主要贡献者，极低的脂肪，是海参没有味道的另一个原因。说海参脂肪中含有两种 ω- 多不饱和脂肪酸（EPA 和 DHA），其中 DHA 对胎儿大脑细胞发育起至关重要的作用，DHA 对孕产妇的乳房丰满，乳汁充盈起促进作用，这貌似没错，问题是，海参本身脂肪就极少，哪来那么多的 EPA 和 DHA？

作为一种高蛋白低脂肪的健康食品，对营养过剩的人来说，海参也还是不错的食品。宴席上撑撑场面，以示待客的诚意，也还可以胜任。但要说它有多神奇，就过分了。对于没有味道的食物，商家往往鼓吹功效，对此，我们必须提高警惕。■

新荣记的沙蒜烧豆面

敢把家常菜端上米其林三星餐桌，也只有新荣记一家了，比如这道沙蒜烧豆面。

沙蒜，也叫海葵，生长于暖水带，在我国渤海、东海都有分布，而且极多。在 20 世纪 60 年代，它和大黄鱼一样普通，随着滥捕滥采，也日见减少，变得稀罕起来。沙蒜烧豆面，是台州一道很家常的小菜。沙蒜的处理稍显麻烦，要先用水冲洗，再烧开水焯一下并快速捞出，用小刀刮掉表皮黏黏的一层，切开以便入味。台州人说的豆面，就是绿豆做的粗粉条，做的时候先行泡软。配料要用到姜丝、葱花、发好的香菇丝、料酒和蚝油。

首先，热锅烧油，下姜丝爆香后爆炒沙蒜，烹入料酒（乙醇遇热挥发，顺便带走导致沙蒜腥味的三甲胺），然后盛出备用。其次，热锅烧油，放入泡发好的香菇丝炒出香味，盛出备用。热锅烧油，下糖炒出糖色，再放入泡软的豆面炒一下，然后将爆香的沙蒜和香菇丝放进去，加上汤或水，烧十分钟，最后加蚝油、盐调味，加葱花后盛出上碟。

　　沙蒜富含游离氨基酸，经爆炒红烧，大分子的蛋白质也分解出了部分鲜味氨基酸，所以极鲜。干香菇贡献了香菇香精，为这道菜带来了特殊香味。沙蒜的组织结构是多不规则的胶原蛋白，不易软烂，所以需要一小段时间的炖煮，红烧就是最好的方法。但炖煮会导致香味成分挥发，豆面的加入巧妙地解决了这个问题：豆面的淀粉遇热糊化，支链淀粉释放进汤汁里，形成一个网络，把各种溶于水的香味成分罩住；直链淀粉蜷曲成螺旋状，把不亲水的香味分子包围在中心，香味得以保留。看似家常的小菜，却完全符合烹饪科学，说它是分子料理，一点都不过分！

　　海葵品种很多，有些有毒，有些没毒，按生长环境不同，又可分为泥沙岸海葵与岩岸海葵。台州的沙蒜，就属于泥沙岸海葵，它有一个很梦幻的名字——中华仙影海葵，栖息在海涂下吞食泥沙，从中吸取营养物质。全身满是泥沙，呈青黄色，外形像蒜头，沙蒜之名就是这么来的。从仙影变成沙蒜，就是这么简单！

　　清代博物学家聂璜在《海错图》中也提到过海葵，"石乳，亦名岩乳，然有两种。圆头状如乳者，淡红，紫点突起，无壳而软，可食；大柄而碎裂如剪者，虽亦同石乳，而名猪母奶，亦淡红色，味腥，不堪食。皆生海岩洞隙阴湿处，潮汐经过初生，如水泡久之成乳形。"

　　聂璜说有两种石乳，一种像乳房，可以吃，一种有大肉质柄，碎裂成条，叫猪母乳，太腥，不能吃。两种石乳都长海葵是无脊椎动物，腔肠动物门，珊瑚纲，单体的两胚层低等动物。海葵的外表很像植物，但其实是动物，单体呈圆柱状，柱体开口端为口盘、封闭端为基盘。口盘中央为口，口部周围有充分伸展的软而美丽的花瓣状触手，犹如生机勃勃的葵花，因而得名。

在湿润的礁石缝里。聂璜说的两种海葵，其实是同一种海葵，只是涨潮和退潮时处于不同的状态：涨潮时，水中的海葵伸展开来，肉质柄伸长，这个部分就是食用部分，顶端的触手张开，像一朵漂亮的葵花，这也是"海葵"名字的来源。退潮时，礁石上的海葵为了减少水分的蒸发，会缩成一团，所以"圆头状如乳"。

涨潮时的海葵，漂亮得很，但难得一见。缩成一团的海葵，只配叫石乳、猪母乳，名字还不算难听，大连、青岛、威海一带，干脆叫"海腚根"，就差叫"海屁眼"了！对岸的日本人，也和我们山东人一样，把海葵称为"年轻人的肛门"，也有斯文一点的，叫"矶巾着"。这是说它也像手提布袋，袋口有绳，一拉袋口就收紧的那种。中日之间，很多思维方法也是挺相似的。

聂璜不是第一个认识到沙蒜的人。南宋温州人，以拍权臣韩侂胄马屁而当上副宰相的许及之，应该是咏沙蒜第一人，只是那时不叫沙蒜，更不叫海葵，叫"沙噀"，他在《德久送沙噀，信笔为谢》写道："沙噀噀沙巧藏身，伸缩自如故纳新。穴居浮沫儿童识，探取累累如有神。询之并海无所闻，吾乡专美独擅群。外脆中膏美无度，调之滑甘至芳辛。"外脆，中间有膏，又滑又鲜甜，把沙蒜的优点准确说出来了。"伸缩自如"是沙蒜的特点，许及之也从中悟出了为官之道。刚出道时的许及之，以敢言著称，也因言被贬。及至韩侂胄上位，他一改刚直作风，溜须拍马，官至参知政事，进知枢密院。后来韩侂胄在朝廷斗争中失败，许及之也官降两级。看来，许及之的升官路上，也有沙蒜的一分功劳。

　　许及之看到了沙蒜的"伸缩自如"，悟出了为官之道。善于联想的人，却也由此悟出了另一个门道——沙蒜可以壮阳。这真的令人无语：吃它的时候它缩成一团，壮哪门子阳啊？还有人从沙蒜的外形如肛门，说沙蒜可以治痔疮。它本身就长得像痔疮，为什么不说吃了容易得痔疮呢？对于这些想象力丰富的人，我透露一个信息：科学家们采用放射性同位素碳十四技术，对3只采自深海的海葵进行测定，发现它们的年龄竟达到1500-2100岁，大大超过海龟、珊瑚等寿命达数百年的物种，可以说是世界上寿命最长的海洋动物。按你们的逻辑，吃沙蒜可以长寿！

　　食物就是食物，赋予它过多的神功，可笑得很。不如学学新荣记，把这些普通的食物烹饪出一流的味道，如此，方为懂吃！

名字高贵，
价钱不贵的龙头鱼

　　最近总吃到龙头鱼，一记味觉的龙头鱼九层塔酥、德厨的葱丝龙头鱼酥，都极鲜嫩酥脆。这个价钱很便宜的鱼，频频出现在高端餐厅，一方面说明海洋资源的枯竭，另一方面也说明龙头鱼以前被忽视了。

　　清光绪年间，藏书家、水利学家郭柏苍用福建方言记录福建海产的《海错百一录》这样描述龙头鱼："殿鱼，海鱼之下品，食者耻之。腌市每斤十数文，贫人袖归。"大意是说：龙头鱼在过去是种低档海鲜，吃的人会觉得很跌份，旺季时每斤不过十来文钱，穷人买了藏在衣袖里偷偷拿回家。一种只有穷人才吃的鱼，还怕被人取笑，可见地位之低。我从小在海边长大，记忆中龙头鱼确实是最低贱的鱼，价钱比巴浪鱼还低。

　　龙头鱼价贱，是因为它含水量太多，鱼味不足。聂璜在《海错图》中说："龙头鱼，产闽海。巨口无鳞而白色，只一脊骨，肉柔嫩多水。"龙头鱼的肉质与很多鱼的肉质不一样，它的含水量确实太高了，导致十分柔软，特别嫩，就如同我们平常吃的嫩豆腐一样，滑溜溜的，即便是骨头，也是软的。传说中的"软骨头"，非它莫属。

180

　　郭柏苍是福建人，与潮汕人一样，将龙头鱼叫"殿鱼"。闽南话和潮汕话中的"殿"，应写为"㯭"，意指"坚硬"，这是反着来说，充满讥讽。潮汕话还把它叫"虮鱼"，"虮"即水母，水母全身几乎都是水，这是正说！

　　《海错图》说龙头鱼"亦叫水澱，盖水沫所结而成"，"澱"与"淀"通假，说龙头鱼是海水泡沫沉淀凝结而成的，这是胡说！阳江一带叫它"鼻涕鱼"，广府一带叫"狗吐鱼"——连狗都把它吐出来。这些叫法，都充满厌弃情绪，这是谑说。

相比之下，浙江台州、温州一带的俗名则要美妙得多，当地称它为"水潺"，潺，泉水、溪流缓缓流淌之貌，用它形容这斯，可谓诗情画意。更诗情画意的是明代的福建盐运司同知屠本畯，他在《海味索隐》中称龙头鱼"丰若无肌，柔若无骨，乳沉雪山钵底，酥凝玉门关外"。如此华丽的辞藻都是形容它豆腐般白嫩的鱼肉，因此，龙头鱼又被称为"豆腐鱼"。

如此娇嫩柔软的身躯却偏偏生有一张反差极大的凶残大口，两颌密布细小而尖锐的牙齿，乍一看酷似传说中的龙首，龙头鱼也因此得名。别看它体表光滑无鳞，鱼骨柔软，听起来柔柔弱弱，但实际上，龙头鱼是一种十分凶狠的肉食性鱼类，主要捕食小公鱼、日本鳀、棱鳀、小沙丁鱼、大黄鱼的幼鱼等小型鱼，兼食虾类和鱿鱼、乌贼等头足类，连同类也不放过。

龙头鱼的口裂特别大，是名副其实的大胃王，经常可以在它的胃里找到很多其他的鱼类，而且是整个吞进去的。肉食类鱼类一般都十分美味，但龙头鱼却是个例外——水分多，蛋白质含量自然就少，风味物质所占比例也少，吃起来乏味！

既然因为水多而乏味，那么烹饪的关键之一就是想办法去掉一些水分。在潮汕，龙头鱼用来做汤，去头去肚，切段后泡入鱼露中，意在通过含盐量大的鱼露挤掉龙头鱼的一些水分，同时给它入味。与潮汕咸菜和肉汤同煮，就是一道咸菜炆鱼汤，与肉末和粉丝同煮，就是肉末粉丝炆鱼汤。在江浙一带，将新鲜的龙头鱼用细绳经鱼嘴串起，挂在通风处自然晾干后，便是通体金黄的"风潺"，既易储存又很好地保留了风味。

龙头鱼用重盐腌渍后再晒干，便是著名的"龙头鲓"。一小段煎龙头鲓可以下一碗米饭，正所谓"**过酒乌贼鲞，下饭龙头鲓**"。在宁波，同为鱼干，却不能都享受"鲞"这一叫法，只有大鱼才叫"鲞"，像龙头鱼这种小鱼晒成的，只配叫"鲓"。在鱼干的鄙视链中，龙头鲓也只配待在底层。

另一种烹饪方法，倒是将龙头鱼含水量多、太过水嫩的缺点变为优点，通过油炸，达到外脆里嫩。比如浙江宁波、舟山一带的椒盐龙头鱼，中间切开去骨，放葱、姜、蒜、料酒、盐等佐料腌制三四分钟；用盐水把面粉调成面糊，鸡蛋打散均匀后，龙头鱼先浸蛋液，后加面糊，六成油温约 180 度时下锅炸；慢火炸至金黄，沥干油，均匀地撒上椒盐，外酥里嫩，咸香兼备，鲜香扑鼻。潮汕菜的酸甜龙头鱼，龙头鱼挂浆油炸，再蘸上酸甜酱，脆嫩俱佳，酸甜鲜香，让人胃口大开。一记的龙头鱼九层塔酥，龙头鱼去骨切成小块，马蹄、香菜、九层塔切碎后调味成馅，用云吞皮包成三角形，下油锅炸至金黄，蘸橘油吃，香脆中浓香鲜甜依次来袭，确实消魂！

龙头鱼一般栖息于近岸河口泥沙底质的海区，主要分布于印度洋和太平洋。我国的南海、东海和黄海南部均有出产，浙江省的温州、台州、舟山近海和福建沿海产量较多。全世界龙头鱼的年产量约为 13 万吨，印度就占了 9 万吨。

龙头鱼中文正名叫印度镰齿鱼，英文名就叫 Bombay duck，直译过来是"孟买鸭"。明明是鱼，怎么叫成鸭呢？

比较可靠的说法是：印度人也把龙头鱼晒成鱼干食用，晒成鱼干的龙头鱼，气味浓烈，这种刺鼻的气味和从孟买运送而来的邮件与报纸很相似，孟买邮件就叫 Bombay Daak，以讹传讹，就把龙头鱼干叫成了"Bombay duck"。龙头鱼在西孟加拉邦、果阿邦和古吉拉特邦等地十分受欢迎，常被做成炸鱼柳，也有与咖喱一起炖煮的。

这个顶着高贵名字的龙头鱼，确实谈不上美味。但是，随着近海鱼类滥捕，这种吃得多、繁殖得快的小角色，反而有了出头之日，水鬼也终于晋升为城隍。

这也为我们普遍人提供了一个梦想成真的案例，梦想总是要有的，万一实现了呢！ ■

解码鲥鱼

刀鱼、河豚、鲥鱼，号称"长江三鲜"。这三种鱼，主要生活在近海区域，产卵季节洄游到淡水，然后又回归大海。因味道极鲜，被人惦记了千百年，加上环境污染，江河筑坝，这些洄游鱼生存空间日益狭小，尤其是鲥鱼，已经几乎被宣布绝种。

有一次，我回汕头，到餐厅吃饭，鲥鱼赫然在明档摆着，价格极为低廉。姐夫说，这个季节，这玩意我们潮汕多得很，你要多少我给你寄。后来，姐夫寄来满满一箱，好几斤。虽然个头不大，但胜在极鲜，银白色的鱼鳞闪闪发亮，于是呼朋唤友，一顿狂吃，大家同时实现了吃鲥鱼自由。今天我们就来聊聊鲥鱼，给鲥鱼解码。

/ 中国鲥鱼还有吗？

鲥鱼为暖水性中上层海洋鱼类，以浮游生物为饵料，其中又以桡足类、虾类和硅藻为主。因每年春末夏初准时洄游，极为守时，故得名"鲥鱼"。鲥鱼在海洋中生活 2 ~ 3 年后，溯河到淡水中繁殖。幼鱼在江湖内生长，一般长到 150 毫米左右入海，在海中发育成长。

鲥鱼洄游路线主要有三条，分别是珠江、长江和钱塘江。进入珠江的鲥鱼，渔汛期最早，在每年的 4 月上旬溯河洄游进珠江口，经西江，最后进入黔江，在广东肇庆至广西黔江处产卵。进入长江口的鲥鱼，于每年 4 月下旬到达长江口，一支上溯至鄱阳湖及赣江处产卵，另一支上溯至湘江的长沙至株洲和宜昌以下的长江干流处产卵。进入钱塘江的鲥鱼，一般在 5 月中旬，然后上溯至富春江产卵。

然而，从 20 纪 90 年代开始，就已经很少见到珠江的鲥鱼了。鲥鱼，广东人叫三黎鱼，最后一次被证实有珠江三黎出没的消息已经是 20 世纪 90 年代末，几乎是同一时间，钱塘江和长江的鲥鱼也都消失了。而富春江流域的鲥鱼资源，自 20 世纪 70 年代起就已经陷入枯竭。在安徽境内长江流域的鲥鱼主产区，有人在 1994 年意外捕捞到了一条两斤的鲥鱼，这已经是最后的记录。如此算来，鲥鱼已消失近 30 年，如今市面上的所谓"鲥鱼"，都只是中国鲥鱼的替代品，多数是来自美洲的西鲱和来自东南亚的长尾鲥。好消息是，江阴一带已经成功繁殖了来自美国的鲥鱼——西鲱鱼。与长江鲥鱼

在外形上、口味上差别极小，二者 DHA（多不饱和脂肪酸）的营养价值也惊人相似，不过价格也不便宜。

申港三鲜公司早在 2003 年就引进了大批美洲鲥鱼孵化养殖，经过多年的技术经验累积，养殖取得成功并实现规模化。美洲鲥鱼与中国鲥鱼并不完全一样，是同属一个亚科，但不同属的两种生物，在分类上十分接近。科学家考证，在美洲大陆和亚洲大陆未分离时，鲥鱼同在一个大陆的淡水中生活，美亚大陆断裂后，才骨肉分离，实际上是同宗同祖。

但也有漏网之鱼，就是生活在潮汕海域的鲥鱼，潮汕人称为"杉犁"，它们洄游到榕江和韩江产卵，长大后又回归大海。这种鱼刺太多，并不受潮汕人待见，因此得以幸存。不过，由于过度捕捞，近海鱼类资源也日益沽竭。我小时候还见过两三斤一条的杉犁，现在已经很少见。这次见到的是三两左右的，小虽小，但味道仍然绝香，嫩滑依旧。

/ 鲥鱼，是什么味道？

对绝大多数人来说，没机会品尝到鲥鱼，所谓"要想知道梨子的味道，就必须亲口尝一尝"，鲥鱼究竟是啥味道，无法亲自感知，那就看看别人的描述，想象一下吧。但即便是文字记述，也抽象得很，语焉不详。大吃货苏东坡曾有诗曰："芽姜紫醋炙银鱼，雪碗擎来二尺余。尚有桃花春气在，此中风味胜莼鲈。"这里说的"银鱼"，就是鲥鱼，什么味？比莼菜鲈鱼好吃！这等于没讲。倒是不讲究吃喝的王安石说出了点道道："鲥鱼出网蔽洲渚，荻笋肥甘胜牛乳。百钱可得酒斗许，虽非社日长闻鼓。"说出了鲥鱼的一个特点：肥！吴自牧在《梦粱录》里写道："鲥，六和塔江边生，极鲜腴而肥。"六和塔在钱塘江边，吴自牧说的是钱塘江鲥鱼，鲜腴而肥，而且加了个"极"来形容，这很恰当。

鲥鱼属鲱鱼这一科，鲱科鱼组群有 50 多个品种，都富含脂肪，每 100g 鱼就含 13.8g 脂肪。鲱鱼科保鲜比其他鱼类难，一不太新鲜就容易发臭，那是鱼油中 DHA 和 EPA 容易氧化，产生的醛酮类物质而带来的。

明朝浙江学霸沈德符在《万历野获编》中就说了一个故事，"鲜鲥则以五月十五进鲜于孝陵始开船，限定六月末旬到京"。"其船昼夜前征，所至求冰易换，急如星火。然实不用冰，惟折干而行，其鱼皆臭秽不可向迩"。五月十五发船，六月末到京，走了一个多月，又不是到处到有冰，到了京城，鲥鱼变成了臭鱼。这怎么吃啊！"贵珰辈杂调鸡豕笋菹以乱其气"。珰指太监，他们用鸡肉猪肉竹笋一起烹饪，这样臭味好像还可接受。"**有一守备大珰，新赴南任，夏月忽呼庖人责以馔无鲜鲥鱼。庖人以每顿必进为言。珰怒不信，索至谛视之**"。有一个太监到南方任守备，夏天正是吃鲥鱼的季节，骂厨师说怎么不上鲥鱼。厨师说每天都有啊！太监让厨师端上来看，这下尴尬了，说了句"**其状颇似，但何以不臭腐耶？**"吃的臭鲥鱼多了，以为鲥鱼就是臭的！

鲥鱼多脂，而且连鱼鳞也含脂肪，所以吃鲥鱼时不去鳞，李时珍就曾提到："**鲥，形秀而扁，微似鲂而长，白色如银，肉中多细刺如毛，其子甚细腻。故何景明称其银鳞细骨，彭渊材恨其美而多刺也。大者不过三尺，腹下有三角硬鳞如甲，其肪亦在鳞甲中，自甚惜之。**"

美食家沈宏非说："鲥鱼之鲜美不仅在鳞，而且是一直鲜到骨子里去的，也就是说，鲥鱼的每一根刺都值得用心细吮。"民国大吃货唐鲁孙在《春江水涨刀鱼肥》中说："鲥鱼之妙，妙在附鳞之肉，蕴有油膏。这部分鱼肉确极腴美，可是其他部位的鱼肉则粗糙滞涩，别无可取之处。"他这是为了表扬刀鱼，故意贬低鲥鱼，不够客观。

/ 鲥鱼多刺，人生之恨？

张爱玲在她研究《红楼梦》的专著《红楼梦魇》中说："有人说过'三大恨事'是'一恨鲥鱼多刺，二恨海棠无香'，第三件不记得了，也许因为我下意识的觉得应当是'三恨《红楼梦》未完'"。这被奉为比喻世事难全的经典。

　　张爱玲记错了，古人说的不是人生三大恨事，而是五大恨事，典出宋人释惠洪的笔记《冷斋夜话》卷九："渊材迂阔好怪……又尝曰：'吾平生无所恨，所恨者五事耳。'"人家让他说详细点，他装深沉一会才说："第一恨鲥鱼多骨，第二恨金橘太酸，第三恨莼菜性冷，第四恨海棠无香，第五恨曾子固不能作诗。"闻者大笑，而渊材瞪目曰："诸子果轻易吾论也。"

　　这个叫刘渊材的人，平生奇谈怪论颇多，他还留下一个成语"鹤亦败德"，说鹤是胎生的，并不产蛋。刚说完，管家就来上报，说家里的鹤刚生了蛋。他尴尬地说"鹤亦败德"，成为笑谈，可以说是"年轻人不讲武德"的开山鼻祖。但他说的人生五大恨，还是有他独到之处的。

　　鲥鱼多刺、金橘太酸、莼菜偏冷、海棠不香，都对。唐宋八大家的曾巩，字子固，文章名扬天下，诗词也不错，但与他的文章相比，确实逊色一些，所以说曾子固不能诗，也有人说品尝长江鲥鱼讲究"三吃、三味、三营养"。新鲜长江鲥鱼口感丰富，三层滋味，层层不同，且每一层都有极高的营养价值。第一层鱼鳞闪闪发光，轻轻咀嚼，滑嫩得很，富含胶原蛋白，想想传说中对皮肤的好处，美感油然而生；第二层是鱼鳞下面的灰色肉质层，这是肌凝蛋白，口感绵密，富含不饱和脂肪酸，可降低胆固醇；第三层为白色鱼肉，这是肌动蛋白，负责瞬间发力，鱼肉细腻且蛋白质丰富。

鲥鱼为近海和江河鱼类，虽然洄游路程不短，但无需在茫茫大海中长途奔袭，所以不需要长出一身厚实的肌肉，细腻就是它的特点，人的味觉对细腻的食物情有独钟，这是小分子食物与味蕾温柔的接触，人类对于温柔，基本只有缴械投降的份，而且，小分子容易被味蕾捕捉得到。

大概说得过去。世间美好的事，总有些许不如意。古人叹鲥鱼多刺，我们现代人连鲥鱼都难吃上一口。当然，这种结果，是人类不懂珍惜造成的。

鲥鱼多刺，这是多数淡水鱼和近海鱼的共性，扁平的身材，自然没有粗壮的骨骼，要撑起它们的身体，又细又密的肌间刺就是最好的选择。再说了，鲥鱼没有长得又好吃又容易吃的义务，否则早就被灭门了。

鲥鱼的骨头，随着生理周期在软硬之间转化。产卵前的鲥鱼，肥美且软骨；产卵后的鲥鱼，则要逊色一些，骨头也变得硬了起来。这是怀孕导致骨质疏松，表现出来就是骨头软，产后拼命补钙，骨头因此变硬。这个骨头，只能吮不能吃，软和硬其实没什么区别，只是人的味觉不喜欢坚硬的食物，向大脑发出了"我不喜欢"的信号。看来，做人也要与鲥鱼一样，身段柔软，方讨人喜欢。

/ 鲥鱼，该怎么做？

鲥鱼的吃法，基本分为两派：江浙一带的细腻派和广东的豪放派。大吃货袁枚属于细腻派："鲥鱼用蜜酒蒸食，如治刀鱼之法便佳。或竟用油煎，加清酱、酒酿亦佳。万不可切成碎块，加鸡汤煮，或去其背，专取肚皮，则真味全失矣。"他推崇的做法是用蜜酒煮食，或用油煎，加上清酱、酒酿，味道也不错。他反对切块加鸡汤煮，怕鲥鱼骨多，去背骨取鱼腹的做法，他给了差评，说真味全失。

在袁枚之后的《调鼎集·鲥鱼》卷五江鲜部说："以枇杷叶裹蒸，其刺多附叶上。剖去肠，拭血水，勿去鳞，其鲜在鳞，以供剔去可也。"不去鳞是对的，但说以枇杷叶裹蒸，刺就附着在叶上，这纯属胡说八道。具体做法上，除了抄袁枚的做法，也说了好几种煮法：

煮鲥鱼：洗净，腹内入脂油丁二两、姜数片，河水煮，将熟，加滚肉油汤一碗，烂少顷，蘸酱油。

蒸鲥鱼：用鲜汤（或鸡汤，虾汤，香蕈、菌子各汤，不用水），配火腿、肥肉、鲜笋各丝，姜汁、盐、酒蒸。又，花椒、洋糖、脂油同研，加葱、酒，锡镟蒸。

红煎鲥鱼：切大块，麻油、酒、酱拌少顷，下脂油煎深黄色，酱油、葱姜汁烹（采石江亦产鲥鱼。姑熟风俗配苋菜焖，亦有别味）。

淡煎鲥鱼：切段，用飞盐少许，脂油煎，将熟入酒娘烧干。又，火腿片脍鱼肚皮。

鲥鱼圆：鲥鱼中段去刺，入蛋清、豆粉（加作料）刮圆。又，以鸡脯刮绒，入莴苣叶汁蛋清、豆粉（加作料），圆成配笋片、鸡汤脍。

鲥鱼豆腐：鲜鲥鱼熬出汁，拌豆腐，酱蒸熟为腐，加作料脍。又，鲥鱼撕碎，烂豆腐。

醉鲥鱼：剖，用布拭干（勿见水）切块，入白酒糟坛（白酒糖糟须入腊月做成，每糟十斤，用盐四十斤，拌匀装坛封固，俟有鲥鱼上市，入坛醉之），酒、盐盖面，泥封，临用时蒸之。

糟鲥鱼：切大块，每鱼一斤，用盐三两，腌过用大石压干。又用白酒洗净，入老酒浸四五日（始终勿见水），再用陈糟拌匀入坛，面上加麻油二杯、烧酒一杯泥封，阅三月可用。

煨三鱼：糟鲥鱼肚皮（去刺同下），配白鱼肚皮、鲞鱼肚皮，同下鸡汤，加火腿、冬笋俱切小薄皮煨。

鲥鱼脍索面：鱼略腌，拌白酒糟，煮熟切块，配火腿片、鲜汁、索面、姜汁脍。

此外还有鲥鱼羹，只是没说具体做法。

广东人吃鲥鱼，生猛粗犷得很。《广东新语》说："顺德甘竹滩，鲥鱼最美。"怎么做？"鱼生以鲥鱼为美，他鱼次之"。居然是吃鲥鱼刺身！那时候的师傅，刀工应该不逊于扬州师傅，否则满口肌间刺，如何生吃？

粤菜师傅烹饪鲥鱼，喜欢用苦瓜炆，潮汕师傅煮鲥鱼，用酸梅汁和咸鱼叶蒸鲥鱼。这两种做法，都是给鲥鱼做减法。

　　让人赞不绝口的"极鲜腴而肥"的鲥鱼，在广东人看来，却是缺点，必须用苦瓜的苦和酸梅咸菜的酸来中和，什么连鳞吃，在广东人看来，都是矫情！营养普遍过剩年代，谁还缺脂肪？

　　人的口味偏好，就是这么不一样，"吾之蜜糖，彼之砒霜"，在美食面前，真难有一个标准。不强求一致，允许多元，如此，这个世界，方才精彩。■

闲话刀鱼

又到了刀鱼的季节，朋友圈里尽是刀鱼的各种吃法，长江全面禁捕，不知哪来的长江刀鱼。虽没吃上，还是可以聊聊，权当望梅止渴，画饼充饥了。

刀鱼主要分布于我国渤海、黄海与东海区域，大多栖息于浅海及河口一带。在每年春季，达到成熟期的个体聚集成群，然后由海游入长江，沿江逆流而上生殖洄游，栖息于江内及其支流等水体中。农谚有"春潮迷雾出刀鱼"，是春季最早的时鲜鱼。

刀鱼体形狭长侧薄，颇似尖刀，银白色，肉质细嫩，但多细毛状骨刺，肉味鲜美，肥而不腻，兼有微香。

刀鱼也分几个家族，江刀最优，有长江刀鱼、钱塘江刀鱼；湖刀次之，太湖、巢湖都有；海刀最差，即凤尾鱼，经常用来做罐头。由于过度捕捞，江刀资源已近枯竭，好在人工饲养技术已经突破，可以吃到人工饲养的刀鱼。不过，这也给我们出了天大的难题：我们用天价吃到的刀鱼，究竟是江刀，还是湖刀，或者是海刀，还是养殖刀？我的辨认法是：小眼睛是江刀，大眼睛是湖刀；黄背是长江刀，青黑背是海刀。江刀中，头尾发红是钱塘江刀，白且亮是长江刀。至于养殖刀，光泽度明显差一些。

刀鱼肉质细腻，味极鲜，这是江湖鱼类和近海鱼类比深海鱼优胜之处。刀鱼以浮游动物和小鱼小虾为摄食对象，具有丰富的蛋白质，从海里洄游到江河中，为了平衡水的咸度，需要更多的氨基酸，溯江而上，越深入越鲜。无需到远洋长途奔袭，因此不需要长出一身粗壮的肌肉，肉质因而细腻。肉质细腻的鱼，肌间刺特别多，吃起来麻烦。鱼没有又好吃又容易吃的进化义务，相反，让你吃起来麻烦，它们才能生存下来，否则早就灭绝了。

刀鱼因为外形似刀而得名，在古代，它叫鮆鱼。《山海经·北山经》中记载："其中多鮆鱼，其状如鯈而赤麟，其音如叱，食之不骄。"这里的"骄"，指狐臭，吃刀鱼还可以治狐臭？苏东坡有一首《寒芦港》诗：溶溶晴港漾春晖，芦笋生时柳絮飞。还有江南风物否？桃花流水鮆鱼肥。

芦笋、柳絮、桃花、肥美的鮆鱼，就是苏东坡心中美好的江南。"桃花流水鮆鱼肥"，这一句让人想起唐朝张志和的名句"桃花流水鳜鱼肥"。看来古人与今人一样，"复制""粘贴"也常常用到。没办法，刀鱼肥美的季节，与鳜鱼的季节重叠，只能说苏东坡复制得好！

刀鱼什么味道？感觉如何？苏东坡没说。倒是在他之后，同为大宋王朝，以断案出名的刘宰，在为友人饯行的刀鱼宴上作了一首赞美刀鱼的诗《走笔谢王去非遗馈江鲚》：

环坐正无惊，骈头得嘉馈。
鲜明讶银尺，廉织非蚕尾。
肩耸乍惊雷，腮红新出水。
芼以姜桂椒，未熟香浮鼻。
河鲀愧有毒，江鲈惭寡味。
更咨座上客，送归烦玉指。
钉饤杂青红，百巧出刀匕。
翩翩鹤来翔，粲粲花呈媚。
颇疑壶中景，仿佛具盘底。
又疑三神山，幻化出人世。
更于属餍馀，想像无穷意。
知君束装冗，不敢折简致。
厚赐何可忘，因笔聊举似。

说刀鱼比河豚和鲈鱼好，河豚有毒，鲈鱼味道太过寡淡。怎么做？用姜、桂皮、花椒来调味！这个做法，把刀鱼鲜美的味道掩盖了，估计古人重口味。刘宰吃的刀鱼，是江刀，而且是长江刀鱼，从诗名中的"江鲚"就可以看出来，古人所说的江，就是说长江，把江刀如此糟蹋，太可惜了！

还是袁枚懂吃，他在《随园食单》里，介绍过几种烹饪刀鱼的方法。从其所讲述的文字来看，袁枚特别喜欢清蒸刀鱼，他说，"刀鱼用蜜酒酿、清酱放盘中，如鲥鱼法蒸之最佳"。袁枚还建议，煮汤的话，可以用火腿汤、鸡汤、笋汤和刀鱼一起煨，这样的汤鲜美绝伦。如果"畏其多刺"，可采用当时南京流行的烹饪方法，即将整条刀鱼用油来煎熟。这样鱼肉鱼骨都变得酥脆，不必吐刺也能大快朵颐，但味道就差远了。

　　李渔的《闲情偶寄》中称刀鱼是"春膳妙品",且"食鲥魦鲟鳇有厌时,鲚则愈嚼愈甘,至果腹而犹不释手"。意思是说三鲜中的河豚、鲥鱼还有吃腻的时候,但是刀鱼却越吃越上瘾,吃饱了也停不下来。看看,居然是"至果腹而不释手"!与古人相比,今人就没那么幸福了,在刀鱼动辄几千一斤的年代,尝尝鲜就不错了,还想吃刀鱼吃饱?

　　现代人也有现代人的幸福,刀鱼虽然不多,但烹饪手法更多样。刀鱼清蒸,上桌时师傅小心地剔出鱼骨拿去炸,这样鱼肉鱼骨都可以吃!更精致的吃法是刀鱼云吞,将刀鱼剁成浆做云吞馅。不过,哪来这么多刀鱼啊?经常有无良商家指鹿为马,以海刀养殖刀冒充江刀,我们的专业知识往往不够用,况且我们又不是刀鱼研究方面的专家,所以常常上当。长江已经禁止捕捞刀鱼,我们纠结于刀鱼来自何处,是否正宗,既伤脑筋,也考智商情商。俗话说,英雄莫问出处,同理,刀鱼也莫问出处,这样吃刀鱼,也才愉快。

美味又便宜的蛤蜊

到青岛，热情的山东朋友总想用昂贵的海参、鲍鱼招待我们，但我却独喜欢这款辣炒蛤蜊，每餐必点，一人吃下大半盘。这里的炒蛤蜊，没有沙，出锅时全开口，刚好全熟，蛤肉饱满，没有缩水，而且还连在壳上，符合一碟优秀炒花蛤的标准。

蛤蜊，学名菲律宾帘蛤，以发达的斧足，挖掘沙泥穴居。涨潮时，升至滩面，伸出水管进行呼吸、摄食和排泄等活动；退潮后或遇到外界刺激时，则双壳紧闭。在山东叫蛤蜊，在辽宁叫蚬仔，在福建、广东叫花蛤，壳上长满花纹之故。广东菜市场上、餐馆里通常写成"花甲"，那是错别字，因为广州话"蛤""甲"同音，尽管蛤蜊也有超过 60 岁的！

蛤蜊壳长 2.5-5.7 厘米，市场上常见的规模平均 4 厘米，是一种常见的贝类动物。壳坚固，壳瓣左右相等，两侧不等，壳顶的喙位于前半部分，外形略呈椭圆。野生种群主要分布在菲律宾，中国南海、东海、黄海、日本海、鄂霍茨克海及南千岛群岛周围。青岛的蛤蜊，个头虽小，但肉饱满，鲜美无比。每年的五六月份，正是青岛、烟台、威海一带蛤蜊最为肥美的时候。

苏东坡在被贬黄州时，曾写过一首诗《岐亭五首·其二》，开头两句就是"我哀篮中蛤，闭口护残汁"。大意是：可怜的蛤蜊，在篮子里紧闭着嘴，死守着生命里最后一滴水。这首诗是劝他的好友陈慥戒杀生的，其实，这个啖肉若狂的大文豪怎么可能止杀茹素？在美食当前，他是说一套做一套！此事不能当真，因为他经常拿陈慥开玩笑，"河东狮吼"这个典故就是他取笑陈慥怕老婆的。陈慥的老婆姓柳，唐宋时柳姓是河东的大姓，成语里"河东"指的就是陈慥的老婆柳氏，后指一切厉害的女人。

蛤蜊闭壳，壳中的泥沙就无法排出来，这是吃蛤蜊的难题。传说中有几种解决办法，这些办法靠谱不靠谱呢？一种说用花生油：把海水或者盐水倒入盛有蛤蜊的容器里，再在容器中加入几滴花生油，然后用筷子搅开，使油花均匀铺在水面上。这样水与空气隔绝，蛤蜊很快就会把泥沙吐出来。我做过试验，只要加了盐，加不加油没有区别。

一种说使用生锈的铁器：把生锈的铁丁放进盛蛤蜊的容器中，贝类有闻到生锈铁味便吐泥沙的习性，这样也能又快又好地让蛤蜊吐沙。贝类的滋味受水体影响，这种方法能不能去沙不知道，但吃到有铁锈味的蛤蜊，估计你不会答应。

第三种说法是来回摇晃：找个大点的、带盖子的盆或者盒子，把蛤蜊放进去，倒入少许水，没过即可。然后用手不停地来回摇晃容器，力度适中，不要过大，不然蛤蜊的壳子就会碎。摇两分钟后，蛤蜊晕了，会吐出不少泥沙，用水洗

200

一洗再摇一摇，反复三次就差不多了。这种方法去掉的沙，其实是蛤蜊壳表面的脏东西。摇晃时蛤蜊感觉到危险，自然紧闭双壳，怎么可能吐沙？

在青岛吃蛤蜊，没有沙，我问青岛人有什么秘诀。他们说，青岛人从来不用上述方式，而是直接放到海水里，几个小时即可，蛤蜊离泥会自己吐净泥沙。蛤蜊在受惊时吃进泥沙缩窝，在海水里悬空就必须减轻自身重量好逃走。

在广州，没有海水，我们可以自制"海水"：蛤蜊适合生长的盐度在 15‰ ~25‰，大概是一瓶 550ml 的自来水，加二个半瓶盖的海盐就可以了。勤换水，换多几次，花蛤就吐得比较干净。如果赶时间，把蛤蜊煮开，只取蛤蜊汤，鲜美无比。想吃炒花蛤，先用开水烫开蛤蜊，在汤中洗一下再炒。这样味道虽然减损一点，但好过吃到一嘴沙。

喜欢蛤蜊的美味，不独有我。与苏东坡同一时代，三兄弟与苏东坡两兄弟齐名，有"二苏联璧，三孔分鼎"之美誉的孔武仲曾赋蛤蜊诗一首：

> 去年曾赋蛤蜊篇，
> 旅馆霜高月正圆。
> 旧舍朋从今好在，
> 新时节物故依然。
> 栖身未厌泥沙稳，
> 爽口还充鼎俎鲜。
> 适意四方无不可，
> 若思鲈脍未应贤。

把蛤蜊和鲈脍相提并论，真是一吃货！

不用担心蛤蜊含有的胆固醇太高，恰恰相反，蛤肉含一种具有降低血清胆固醇作用的代尔太7-胆固醇和24-亚甲基胆固醇，它们兼有抑制胆固醇在肝脏合成和加速排泄胆固醇的独特作用，从而使体内胆固醇下降。它们的功效比常用的降胆固醇的药物谷固醇更强。至于蛤蜊的鲜美，那是因为它蛋白质含量高，氨基酸的种类组成及配比合理，青岛附近的蛤蜊味道更为鲜美，那是因为蛤蜊为了平衡海水的咸度和温度，需要更多的氨基酸！

今天廉价的蛤蜊，放在大宋，却是稀罕之物，原因大概是当时还没有顺丰快递之类，物流不发达，运到京城，价格就海了去了。宋朝陈师道在《后山丛谈》中就记载了宋仁宗吃蛤蜊：仁宗每私宴，十阁分献熟食。是岁秋初，蛤蜊初至都，或以为献，仁宗"安得已有此邪？其价几何？"曰："每枚千钱，一献凡二十八枚。"上不乐，曰："我常戒尔辈勿为侈靡，今一下箸费二十八千，吾不堪也。"遂不食！

贵为皇帝，下面进贡二十八只蛤蜊，一只要一千钱，够贵的，干脆不吃了！这个故事可信度存疑，把宋仁宗塑造成勤政节俭的皇帝，是宋朝文人的一贯伎俩，同样的故事，在宋朝邵博的《邵氏闻见后录》中又出现了一次，连价钱都一样，只是蛤蜊换成了螃蟹，你说信谁？

但到了北宋末年，蛤蜊也就便宜了。孟元老在《东京梦华录》就说蛤蜊是平民美食，说当时的开封"马行街铺席，冬月虽大风雪阴雨，亦有夜市。……蛤蜊、螃蟹……盐豉汤之类"。

能上宵夜街市的，又能贵到哪去？虽说的是北宋末年，但与仁宗时代差不太远，物流一下子发展起来了？

蛤蜊的做法，简繁皆可。陶榖在《清异录》中记载唐朝宰相韦巨源宴请唐中宗李显的"烧尾宴"，五十八道菜中就有"冷蟾儿羹"，陶榖原注说就是冷蛤蜊羹。富含氨基酸的蛤蜊羹，冷吃更鲜甜，就怕拉肚子。周密在《武林旧事》说的是"酒蛤蜊"，用黄酒煮蛤蜊，估计味道也不错。

沈括在《梦溪笔谈》卷二十四里说了煎蛤蜊，"如今之北方人，喜用麻油煎物，不问何物，皆用油煎"。说有次学士约聚餐，送来一筐蛤蜊，厨房好久都出不了菜，原来厨师正一个个用麻油煎，"煎之已焦黑，而尚未烂"，把简单事情复杂化了。还是《东京梦华录》记载的蛤蜊烹饪法实在：炒蛤蜊，这与现在的流行做法就接近了。

梁实秋在《雅舍谈吃》中说了一种"芙蓉青蛤"，鸡蛋羹蒸到半熟时把剥好的蛤蜊肉摆在表面上，再蒸片刻即得。

　　"也有不剥蛤肉，整个青蛤带壳投在蛋里去蒸的，这种带壳蒸的办法，似嫌粗豪，但是也有人说非如此不过瘾"。如此蒸水蛋，味道想来应当不错。

　　这么好的东西，还这么便宜，上档次的餐厅当然不屑一顾，因为卖不出高价钱。当然也有例外，好酒好蔡的炝花蛤，处理得很干净，一颗沙都没有，先烫熟，再把一边壳剥走，方便食用，用潮式生腌酱料调味，鲜美又刺激。只可惜每人只有几颗，让人有相见恨晚却又马上天各一方的愁怅。岭南大厦迈姨潮州餐厅，用蒜头和沙茶酱炒蛤蜊，味道很潮汕，值得一试！

204

邻家女孩——贻贝

没错，这是青口，学名贻贝。长在我国南方海域的贻贝外壳有一层翡翠绿，广东人称之为青口。其实贻贝不全是翡翠绿，在我国北方和欧洲，它的外壳是黑色的。这种贻贝叫欧洲贻贝和地中海贻贝，原产于地中海和黑海海域，如今已经遍布大西洋和太平洋沿岸。我国北方气候和水温适合其生长，故能漂洋过海，落地生根。地中海贻贝和欧洲贻贝的外壳在光线照耀下，黝黑中泛出些蓝紫色光泽，因此又被称为"紫贻贝"。

贻贝，潮汕人还叫它青勾，一分为二，长得像勺子的缘故。它还叫淡菜，《清稗类钞》中有这样的描述："淡菜为蚌，蚌肉俗称水菜，因曝干不加食盐，故名淡菜"。

制作贻贝干的步骤是将贻贝煮开口，挖出贝肉直接曝晒风干，过程中不额外加盐，自然就"味淡"了。又因为产量巨大，明明是海鲜，却被视同蔬菜，所以被称为"淡菜"。它还叫海虹、海红，因为有的贻贝肉呈橙红色。

　　古人还叫它"海夫人"或"东海夫人"。别看这名字起得文绉绉的，其实污得很，给它起这名字的是清代画家兼生物爱好者聂璜。在他绘制的《海错图》中，是这么记载的："淡菜……其肉状类妇人隐物，且有茸毛，故号海夫人。"

　　让聂璜想入非非的"茸毛"，其实是贻贝的足丝，贻贝的一生几乎都固着在海底或潮间带的礁石上，靠的就是那一团毛发状的足丝。足丝由一种硬质蛋白构成，坚固且富有韧性。

　　贻贝从足丝孔分泌并挤出纤细的足丝，足丝腺会释放一种弱酸性的蛋白质凝胶，遇到弱碱性的海水后就成了足丝。足丝的顶端有吸盘一样的结构，能将它们牢牢固定在礁石表面，靠过滤海水中的藻类和有机碎屑为生。

　　当我们还在琢磨贻贝足丝与"妇人之物"时，科学家对贻贝的足丝深感兴趣，如果能复制出贻贝足丝，那就可以生产出新型的黏合剂，修复破损器官，而无须缝合；或许还可以直接在水中进行潜艇外壳的修复。

　　功夫不负有心人，贻贝足丝超强的黏合能力还真给解密了：贻贝足丝分泌一种具备三个分支结构的大分子，这种结构使分子之间能够互相勾连在一起。在每个大分支的末端还有另外两种小分子，分别是赖氨酸分子和多巴分子。正是多巴分子造就了贻贝神奇的黏性——它不受水分子的影响，能与潮湿的礁石表面紧密结合。

　　至于赖氨酸分子，它的功能是清除礁石表面海水中的盐分，起到辅助作用。在多巴分子中，氢原子分布在表面，氧原子处于核心，但氢原子的电子易被氧原子吸引，导致这些氢原子极为渴求新的电子。当它们与某个拥有很多电子的原子距离不足0.25纳米时，就会形成一座"桥"，称为"氢键"。

　　氢键不如胶水中的共价键牢固，但它有一项绝对优势：比起水分子，氢键更易与岩石中的金属氧化物结合。破解了这一秘密，新型的黏合剂离我们不远了。

　　聂璜所说的"肉状类妇人之物"，梁实秋先生也曾说过。他在《雅舍谈吃》当中写过贻贝晒干之后可煨红烧肉，"其形状很丑，像是晒干了的蝉，又有人想入非非说是像另外一种东西。"梁实秋毕竟是文人，说话写文章，还是讲究一点。

　　新西兰贻贝之所以出名，是因为它个头大——最大可以长到25厘米。新西兰贻贝和我国南方的贻贝都属同一个品种——

以形补形是古人的食补逻辑，以贻贝的外形，当然推论出其功效也不一般，比如补肝肾、益精血。清代医学家王士雄的《随息居饮食谱》中说它"补肾，益血填精"。明末的倪朱谟在《本草汇言》中说："淡菜，补虚养肾之药也，此物本属介类，气味甘美而淡，性本清凉，善治肾虚有热。凡肾虚羸瘦、劳热骨蒸、眩晕盗汗、腰痛阳痿之人，食之最宜。"

贻贝的有效成分，无非就是蛋白质，其中含有锌这种矿物质，倒是与精子产生能扯上点关系，说它壮阳也还行，至于补肾治阳痿之说，纯属胡扯！

翡翠贻贝，它们的外壳散发着美艳而幽绿的光泽，一如孔雀的羽毛，因此也称"孔雀蛤"。亚洲绿贻贝，原产于东南亚热带海域，在我国南部海域比较常见，它们翠绿色的外壳中间略微膨胀，一般可以长到6—8厘米。

贻贝不是越大越好，相反，小个的贻贝肉质细嫩，口感清甜，更适合保留原汁原味的蒸、煮。而大个的贻贝肉质粗糙，更适合用大量的油脂烹饪，或烤或焗。同类型的贻贝，有大有小时，建议你毫不犹豫挑小的。

西餐中的白葡萄酒烩贻贝，用黄油翻炒洋葱碎，放入贻贝，倒入大量的白葡萄酒焖煮，加盐调味，再放点欧芹或迷迭香，最后撒点黑胡椒，贻贝的温柔饱满和白葡萄酒的酸冽，是这道菜的精髓所在。grappa 做这道菜火候掌握的恰到好处，贻贝刚刚熟，水份还在，肉未变老，精彩！

广东电视台对面的岭南大厦，里面的迈姨潮州菜，做潮式青口也很好吃。把青口放入锅中，不加一滴水，直接用火把青口煮熟，再加点鱼露调味，青口自带的汁液，煮出来是奶白色。那是蛋白质作用下，脂肪形成了小油滴的缘故。那口汁，鲜得十分纯粹。

广州菜市场的海鲜档也卖贻贝，包开，价格还十分亲民。我喜欢买上十只八只，让档口把肉取出来，而且把里面的汁液接住，用来与紫菜肉沫做汤，或者熬大白菜。那种鲜，简直就是天上人间。

贻贝产区不同，味道差别不大，倒是不同季节口感完全不同。贻贝最肥美的时候是在它的繁殖期，水温 12~16 度的时候。在我国南方的春季和冬季，此时的贻贝正处于繁殖期，它的生殖腺特别肥大，生殖细胞充满整个外套膜，最为肥美。告诉你一个秘密，黄白色的是公的，橙红色的是母的，喜欢公的还是母的，你自己挑好了。

萨鱼老师形容贻贝，说在众多耀眼的生猛海鲜中，贻贝之缄默如文静的邻家女孩，但又常能给人以甜美和惊喜，让你永远无法对它视而不见。趁着邻家女孩还未被炒作成明星，价廉物美，赶紧下手吧！ ■

难忘的鳓鱼

我从小在海岛生活，海鲜，就是我们的家常，猪肉倒是奢侈品。如今大红大紫的黄花鱼、鲳鱼、伍笋鱼，那时虽然也是鱼中精品，但给我留下深刻印象的却是鳓鱼。吃鳓鱼是有季节的，春寒料峭的日子，亲朋好友中的渔民偶尔捕到二三斤重一条的，送到我们家，母亲马上将它开膛破肚。公的有鱼白，母的有鱼籽，银光闪闪的鱼鳞满是油脂，这些都是要保留的。鱼切块，萝卜干切片，大蒜去皮，加上井水，小柴火炉咕噜咕噜煮个半小时，那份鲜，只浇鱼汤，也可以喝下两碗粥。

李时珍在《本草纲目》中说鳓鱼"鱼腹有硬刺勒人，故名"，如何形容鳓鱼的滋味呢？这么说吧，它的样子和味道，与鲥鱼极像。鳓鱼和鲥鱼都属于鲱鱼目，身扁刺多、鳞下脂肪丰富、银光闪闪，这些特征是鲱鱼目的共性。

　　鳓鱼的味道，主要来自其所含丰富的脂肪。每100g含8.5g
脂肪，这在鱼中是很高的。而鱼的风味，主要是脂类物质，
所以味美。清代的大美食家李渔在《闲情偶寄》中说"北海
之鲜鳓，味并鲥鱼"，这句话的意思是："北海的鲜鳓鱼，
味道可以与鲥鱼媲美。"李渔所说的"北海"，与《孟子·梁
惠王上》中的"挟太山以超北海"中的"北海"，都指的是
渤海，而不是苏武牧羊里的北海贝加尔湖。汉朝时设置的北
海郡，辖山东旧青州府东部，莱州府西部之地，治所在营陵，
也就是今天的莱州湾附近。

　　除了渤海产鳓鱼，黄海、东海和南海也都有鳓鱼。东海尤
多，如江苏吕泗渔场。李渔是浙江金华人，长期在杭州和南
京生活，东海的鳓鱼比渤海的更多，可李渔说的却是渤海的"鲜
鳓"，这是为什么呢？

答案可能是：渤海的新鲜鳓鱼比东海的好吃。鳓鱼每年春季由越冬场洄游到盐度较低的浅海河口附近繁殖，以古代的捕鱼技术，也只能这个季节才能够捕捉到鳓鱼。这个时候的渤海，海水温度只有 7 ~ 10 度，远低于东海的 20 ~ 24 度，鳓鱼只能以更高的氨基酸含量才能平衡海水的低温。而更多的氨基酸，意味着更鲜。

鲱鱼目的共同特点是脂肪丰富，新鲜的鳓鱼，不论清蒸还是红烧，不论炖肉还是香煎，味道皆美。潮汕菜的习惯做法是与萝卜干一起焖煮，那是给鳓鱼做减法——鳓鱼脂肪含量太高，既鲜又香，让萝卜干吸走脂肪，这样鳓鱼不油腻，萝卜干好吃，符合袁枚"有味使之出"的烹饪原理。

在鳓鱼的主产区东海，做法更是丰富多彩，糟骨蒸鳓鱼、鳓鱼炖蛋、鳓鱼豆腐、鳓鱼蒸鸡，各种做法层出不穷。最生猛的吃法，就是生吃。《广东新语》说老广喜欢吃鳓鱼生，"细刽之为片，红肌白理，轻可吹起，薄如蝉翼，两两相比，沃以老醯，和以椒芷，入口冰融，至甘旨矣"。

各地烹鳓，风味各异，但有一个做法却是共同的，那就是做成鳓鱼干后再烹。鲱鱼目脂肪含量高，比其他鱼更容易腐臭，做成咸鱼或直接晒干，利于保存。晾干腌制的鱼，宁波人称为鲞，海鳗做的叫鳗鲞，黄鱼做的叫黄鱼鲞，鳓鱼做的，直接叫"鲞"，可见鳓鱼之普遍，直接成了鲞的代言。

广府人将鳓鱼称为曹白，多将其晒成咸鱼，而且喜欢腌至发臭后再制成咸鱼，名曰梅香咸鱼。聂璜在《海错图》中说：

"凡咸鱼糜烂则难食，独鳓鲞糟醉，以糜烂为妙"。其实，将鲜鱼发酵一两天，待其发臭后再加盐腌制七八天，晒干后产生一种奇特的香味，其肉质松软，咸中带香。若不待发酵，直接用鲜鱼腌制晒干，则肉质结实、成片，咸而鲜。

江浙沪一带著名的"三曝咸鳓鲞"，或者"三抱咸鳓鲞"，正确的写法，应该是"三鲍咸鳓鲞"。"鲍"者，咸鱼也，鳓鱼只腌一次，叫"单鲍鳓鱼"。三鲍，就是抹盐腌了三遍，这个过程，没个半年，不算正宗。这么咸怎么吃？砍下一小段，打个咸蛋，下面垫上肉饼，姜葱丝侍候，浇点黄酒，上锅猛蒸，这绝对咸到极端，不多煮几碗饭可不行。

聂璜在《海错图》里说："姑苏有虾子鳓鲞，更美"。这道苏州名菜，大吃货袁枚在《随园食单》里对其做法有详细记载："夏日选白净带子鳓鲞，放水中一日，泡去盐味，太阳晒干，入锅油煎，一面黄取起，以一面未黄者铺上虾子，放盘中，加白糖蒸之，以一炷香度，三伏日食之绝妙。"这道菜太讲究了，鳓鲞还要带子的，加上虾子，不鲜才怪。

除了选材讲究，虾子鳓鲞还耗时耗工，水中浸泡一天，再晒干，最少又是一天。蒸的时间倒不长，古人没有钟表，一炷香的时间，大约就是半个小时。"三伏日食之甚妙"，估计是天热胃口不佳，又咸又鲜的虾子鳓鲞比较开胃，只能说，江浙人民太会吃。

将鳓鱼做成咸鱼，最大的好处是不容易卡喉咙——鳓鱼与鲥鱼一样多骨，肌间刺众多，吃的时候一定要小心翼翼，切

忌囫囵吞枣。但做成咸鱼，想大口吃也不可能！小时候吃鳓鱼，倒是经常被卡，幸好每次都化险为夷。郭柏苍《海错百一录》记载了这样一件事："莆田林氏，以其祖先鲠死，岁取白鳓数尾陈于神前，木棍捣醢之。"

这里说的"白鳓"，就是鳓鱼，说福建莆田有林姓一家，祖先吃鳓鱼鲠死，后人为祖先出气，每年祭祖，都会弄几条鳓鱼，用木棍打成酱，一家族将鳓鱼视为仇敌。这个故事，到了民国厦门学者李禧《紫燕金鱼室》那里变成："漳州某巨室，祭祖必备鳓鱼，子孙人手一竹，击鱼而后进，最后把鳓鱼打成鱼糜。据云乃祖夙嗜鳓鱼，以鱼骨鲠喉而死，子孙痛之，特击鱼以泄祖怨云。"

说的都是同一件事！其实，鳓鱼的骨头，有趣得很，《海错图》就说："头上有骨，为鹤身，若翅、若颈、若足，并有杂骨凑之，俨然一鹤，儿童多取此为戏。"吃完鳓鱼，鱼骨可以拼出一只鹤来。这事小时候我舅舅给我拼过，还真像。

国人吃鳓鱼，少说也有5000多年的历史。山东省胶县三里河新石器时代的遗址中，多次在墓葬中发现鳓鱼骨头，在废坑中还有成堆的鳓鱼鳞。鳓鱼还曾经是贡品，据明万历《通州志》记载，通州人葛原六以布衣身份赴南京求见明太祖，献鳓鱼百尾。朱元璋问他："鱼美如何？"他回答得很妙："鱼美，但臣未进，不敢尝耳。"

这个马屁拍得龙颜大悦，朱元璋挑了一尾鳓鱼还给他，指示通州以后岁供鳓鱼99尾。这个通州，不是北京的北通州，

而是江苏的南通州，现在就叫南通市，还保留了通州区。朱元璋定都南京，后来朱棣迁都北京，但鲥鱼可不能少，从江苏运到北京，早就臭了，怎么办？《明武宗实录》载，允南京兵部尚书王轼的奏疏，下诏"北产优于南者，自今宜于北取之"。鲥鱼渤海就有，而且更好！

　　与鲥鱼同样美味的鳓鱼，至今还能成为百姓的家常，这得益于鳓鱼只需洄游到河口产卵，而不像鲥鱼般要上溯到危险重重的内地。这两种鱼，其实是同目的表兄弟，同样美味，一个名声普遍，却儿孙满堂，一个名声显赫，却断子绝孙。可见，出名，有时也不一定是好事。■

紫菜大揭密

紫菜蛋花汤、紫菜寿司、各种海苔零食，都可以看到紫菜的身影，这种黑乎乎的东西，却给我们带来极鲜的美味。网络上有人说发现了用塑料做的假紫菜，这是真的吗？我们对紫菜了解吗？今天，我们把紫菜的秘密一一解开，让你全面认识紫菜这个食物。

/ 紫菜和海苔，是什么关系？

紫菜的家族，枝繁叶茂。全世界的紫菜据说有 130 多种，在中国就有 24 种，其中主要是两种：长江以北海域的是条斑紫菜，单层细胞，容易被消化吸收。长江以南海域的是坛紫菜，有两层细胞，不经烘烤，不易被人体消化，我们吃进去，就"大宝明天见"了。烘烤过的紫菜，味道非常鲜美，可以当零食。习惯上，我们把烘烤过当零食的紫菜叫"海苔"。

但是，历史上，紫菜就归海苔一类，海苔包括了紫菜。西晋的左思，在造成"洛阳纸贵"的《三都赋》中，写到东吴的物产有"江蓠之属，海苔之类，纶组紫绛，食葛香茅"。说东吴盛产海苔，其中有纶组紫绛。"纶组紫绛"这词也不是左思的发明，《尔雅》就有："纶似纶，组似组，东海有之。""紫，紫菜也。生海水中，正青，附石生，取乾之，则紫色，临海常献之。绛，绛草也，出临贺郡，可以染食"。

《红楼梦》里就说得更清楚了："想来《离骚》《文选》等书上所有的那些异草，也有叫作什么藿菇姜荨的，也有叫作什么纶组紫绛的。"原来，纶指的是海藻，组指的是海带，紫是紫菜，绛就是绛草！掉了这么些书袋，只是想说，在古代，紫菜属海苔，海苔包括了紫菜。按现在的习惯，海苔是指烘烤过的紫菜！

/ 为什么紫菜只出现在秋冬两季？

紫菜生长在近海潮间带，每年秋冬时节如约现身于礁石之上。第一茬收获的新紫菜也被称为"头水紫菜"，采收一直可以持续到来年的春末，依次称为"二水紫菜"和普通紫菜。然而，春末一过，紫菜就不见了，礁石上什么也没留下。

这是为什么呢？这个困惑了人们好多年的谜题，直到20世纪50年代初才被生物学家们解开。原来，每年秋末至来年初春，紫菜会释放出精子与卵子，到了春末，精疲力尽的紫菜也走向了生命的终点，溶化消失了。

　　紫菜的精子和卵子两者相遇结合成为"果孢子"，紫菜果孢子藏匿于蛤蜊或牡蛎壳内，并萌发出一种丝状体，这些丝状体也被称为"壳斑藻"。壳斑藻在贝壳里韬光养晦，直到来年，终释放出一些"壳孢子"。壳孢子附着在近岸礁石上，等到秋季来临，水温再次降低时，又会发育长成一片片"叶状体"的紫菜。

　　生命的轮回，就这样一年又一年地周而复始。掌握了这一规律，也就可以大规模人工养殖：经过育苗、培苗，让紫菜孢子附着于网上，放到大海里固定起来。秋季一到，紫菜长了出来，把网拖上岸，就可以收割。再放回海里，紫菜又会长出来……

紫菜是蛋白质含量最丰富的海藻之一，蛋白质含量占紫菜干的25%～50%。紫菜富含人体必需的10种氨基酸中的9种，其中牛磺酸量超过紫菜干质量的1.2%。牛磺酸为磺酸化的氨基酸，是由胱氨酸衍生而来，可以通过形成牛磺胆酸促进胆酸的肠肝再循环，并控制血液的胆固醇水平。

此外，牛磺酸对促进婴儿大脑发育及儿童的生长发育、抗氧化、抗衰老都具有良好的功效。紫菜多糖和藻胆蛋白，具有抗衰老、抗凝血和降血脂作用。紫菜中维生素含量比较丰富，维生素C的含量比橘子高，胡萝卜素和维生素B1、B2及维生素E的含量比鸡蛋、牛肉和蔬菜高。紫菜中烟酸、胆碱和肌醇的含量也很高。说紫菜是"营养宝库"，一点也不夸张。

/ 紫菜是动物还是植物？

一直以来，人们误以为紫菜是海里的植物。因为紫菜貌似不能行动，而且还需要阳光，参与了光合作用，这些特征与植物很类似。其实，紫菜是如假包换的动物，它紧贴在礁石上生长，只是把礁石当成固定家园，海水里的营养物质，正是紫菜的营养源之一。光合作用是它的另一个营养源。

紫菜没有植物特有的管状组织，没有木质部和韧质部，没有细胞壁，这些特征也是动物与植物的区别所在。从紫菜的营养成分来看，它不含淀粉，所含碳水化合物主要是膳食纤维，富含蛋白质和氨基酸。这些特征都更像动物，而不是植物。

/ 哪里的紫菜好?

头水紫菜真的更好吗? 紫菜富含蛋白质和氨基酸、膳食纤维和维生素, 还有不少的矿物质, 尽管含量因产地和季节不同有些差别, 但差别并不大, 从营养角度看, 哪的紫菜都差不多。大家通常说的某某地方紫菜好, 指的是味道、口感和烹饪处理的难易——有沙和灰尘的紫菜确实不能算好。这些细微的区别, 在吃货眼里就有好与一般之分。

紫菜的味道是鲜甜, 这源于紫菜所含的氨基酸, 坛紫菜和条斑紫菜中的总氨基酸含量分别为35.5%和33.5%, 所以, 南方的紫菜更鲜甜。研究还发现, 紫菜中氨基酸的含量随着生产月份和季节变化明显。越在生产初期含量越高, 之后随着生长时间的延长, 含量逐渐减少, 所以, 头水紫菜更好, 味道更鲜。这主要是由于处于生长初期的紫菜细胞不断地进行分裂, 以蛋白质为中心的代谢十分旺盛, 相反到了生产末期, 细胞分裂能力下降。因此生长初期的紫菜蛋白质含量较高, 氨基酸含量也更高。

此外, 没有污染、干净的水质, 养出来的紫菜更纯粹, 没有异味, 洗得干净再晒干、不掺沙的紫菜更卫生, 烹饪时更方便。我的家乡广东饶平海山镇也养殖紫菜, 而且是公认质量比较好的, 大家可以试一下。

/ 如何让紫菜更好吃?

紫菜的味道是鲜, 紫菜的口感应该是脆。北方的条斑紫菜主要是做成海苔, 南方的坛紫菜主要是生晒成圆形薄饼供烹饪。

坛紫菜是双细胞，烘烤一下可以破坏紫菜的细胞膜，人体才能吸收消化。烘烤过的紫菜，高温使蛋白质分解为氨基酸，这才能表现出紫菜的鲜味，那种直接用水洗后再扔到汤里的做法，差评！

紫菜富含胶类等多糖物质，收割晾干后，多糖使紫菜的表面光滑，而且富有韧性。胶类等多糖物质遇到水后，会在水分子的作用下与水分子结合，同时联合多糖分子，形成比较紧密的网络结构。就好比几个人，在水分子的帮助下，一起手拉手，就变得很坚韧，难以撕破。这就是它们的凝胶特性，表现出来就是坚韧难嚼。但是，这个凝胶特性的大小与温度有关，如经烘烤，这个结合又会变得松散，表现出来就是脆。所以，让紫菜更好吃的方法很简单——烘烤。

　　把锅烧热，放一片紫菜下去，用手或勺子铲子压一下。几秒后紫菜就冒烟，让它转个身，再烤另一面，几秒后又冒白烟，这时候就可以了。经烘烤过的紫菜，在案板上轻轻拍一拍，沙子灰尘什么的也就掉出来了，烧好汤，调好味，把紫菜放碗底，再把汤加进碗里，这样做出来的紫菜汤，又鲜甜又爽脆。

/ 紫菜为什么不是紫色的?

真的有用塑料做的假紫菜吗? 新鲜的紫菜是紫红色的,那是因为紫菜中含有藻红素和叶绿素。藻红素降解很快,在晒紫菜的时候就没有了,只剩下叶绿素,所以刚晒好的紫菜是绿色的。如果储存时间太久,或是烹饪方法不对,叶绿素中的镁离子会被氢离子赶走,就会变成深褐色。

传说中的塑料做的假紫菜,是不可信的。且不说把废旧塑料做成假紫菜本身就是个高科技,仅从经济角度考虑,养殖的紫菜并不贵,普通紫菜也就是一斤五十多元,造假的成本都超过它。没有利益驱动,谁干这傻事? 与其关心紫菜的真假,不如关心紫菜的卫生和干净。

紫菜虽好,但也不是越多越好。紫菜中碘的含量比较高,对于碘缺乏地区,经常吃些紫菜,可以起到补充碘的作用。中国营养学会建议每天碘的推荐摄入量是 120 微克,人体可耐受最高摄入量是 600 微克。100 克的紫菜中含碘 4323 微克,每天的建议食用 2～3 克即可。对于甲亢患者,就不适合吃紫菜。

最后,贡献我平时在家做的紫菜汤:一是蛤蜊半斤,用水煮开,把水澄清备用,蛤蜊肉剥出来,冲洗干净,放入汤中;二是肉末三两,加胡椒粉、盐、料酒搅拌一下;三是紫菜两张,烘烤后用剪刀一张剪成四份;四是蒜末炸油,葱末备用;五是把蛤蜊水烧开,不够时可加清水,把肉末放进汤中打散,加盐调味,熄火。把紫菜放进碗里,加煮好的汤,最后加上油炸蒜末和葱末。

咸鱼白菜也好味

同学送来几条咸带鱼，早上用油煎，连吃三碗白粥。咸、香，一如小时候的味道。在没有低温速冻的年代，用盐腌海鲜，亚硝酸盐能抑制肉毒梭状芽孢杆菌及其他类型腐败菌生长，故能保鲜。

咸鱼，一直就是艰难年代的食物，难登大雅之堂，即便在古代它曾名曰"鲍鱼"。汉刘向《说苑·杂言》："与善人居，如入兰芷之室，久而不闻其香，则与之化矣。与恶人居，如入鲍鱼之肆，久而不闻其臭，亦与之化矣。"意思是：和道德高尚的人生活在一起，就像进入充满兰花香气的屋子，时间一长，自己本身因为熏陶也会充满香气，于是就闻不到兰花的香味了；和素质低劣的人生活在一起，就像进了卖咸鱼的店铺，时间一长，连自己都变臭了，也就不觉得咸鱼是臭的了。这就是成语"鲍鱼之肆"的出处，意指小人聚集的地方，可见咸鱼一向没什么好名声。

南朝齐名臣、尚书左仆射王俭，一次去拜访武陵昭王萧晔。"晔留俭设食，盘中菘菜、鲍鱼而已。"菘菜，就是大白菜。这个萧晔虽然是皇族，但是却喜欢说怪话，并不受皇上待见，待遇有限，但待人处事很是洒脱，包括用咸鱼白菜来招待朋友。而王俭居然也不挑礼，"重其率直，为饱食，尽欢而去"。将军和皇族，请客吃饭也就是咸鱼白菜，不可思议。

林子祥有一首歌《分分钟需要你》唱道"有了你开心啲，乜都称心满意，咸鱼白菜也好好味"，倒是为咸鱼唱赞歌。人的味觉与心情有关，和喜欢的人在一起，吃起来特别有味道，包括咸鱼。

食物缺乏的年代，没有什么可以配饭配粥的，一口咸鱼，咸得你不得不连吃好几口粥下去。几个来回，一碗粥也就下肚了。如此吃法，不是美食，而是求活命。这种日子，我们小时候都经历过，并不遥远。

老广把咸鱼腌成不同种类，有"梅香"与"实肉"两种。梅香咸鱼制作时须将鲜鱼发酵一两天，待蛋白酶将蛋白质水解，再加盐腌制七八天，晒干后产生一种奇特的香味，其肉质松软，咸中带香；而实肉咸鱼则无须发酵，直接用鲜鱼腌制晒干，其肉质结实，咸而鲜。

咸鱼入菜做得好的，还算广府菜，咸鱼蒸五花肉、鱼香茄子煲、咸鱼蒸肉饼，都是配白米饭的家常菜。有时山珍海味吃腻了，来点咸鱼调下味，顺便忆苦思甜，也好！

老广还有一种咸鱼，叫"一夜情"。在广东阳江，以前出海打鱼的渔民因担心海鱼变质，将海鱼整条扔进装着海盐的埕中腌着，达到保鲜效果。鱼在埕里腌了一夜之后再取出来烹饪食用，故而称为"一夜埕"。广东话"情""埕"同音，当地饮食业策划人士偷换过来，变成了"一夜情"。

这道集咸、香、鲜、嫩等于一身的鱼肴风味菜，既有咸鱼之香，又不失鲜鱼之甜，实为下饭佳品。与"一夜情"类似的咸鱼，是山东胶东的"一卤鲜"。看来，好吃的人总会想到一块。

咸鱼不宜多吃，因为亚硝酸盐能与腌制品中蛋白质分解产物胺类反应形成亚硝胺，亚硝胺在体外实验中显示了致癌性，因此被推论为一种强致癌物，世卫组织和联合国粮农组织发布的《膳食、营养与慢性病防治》中，把咸鱼列为一类致癌物质，与它同一级别的还有肥胖、黄曲霉素和酗酒。

当然不能说吃咸鱼会致癌，只是增加了鼻咽癌的可能性。鼻咽癌在不吃咸鱼的地方的发生率在十万分之一左右，在华南地区的发生率最高达十万分之五十。研究还发现，导致鼻咽癌的最显著因素是儿童时代食用咸鱼。但这种可能性，也就是十万人中的一个还是十万人中的几十个，数字差距貌似很大，落到个人，其实不大。但是，还是应该说，咸鱼虽美味，也不要经常吃，尤其不要让小朋友吃。

麻烦的是，这个美味恰好是我们小时候的记忆，早就被"毒害"了。可见，小时候的味道，并不是都好。

炒鱿鱼

宇晖兄寄来他公司的产品，低温速冻鱿鱼。解冻后闪闪发光，十分新鲜，于是做了一道芽菜炒鱿鱼，鲜美得不得了。

对冰鲜，我一向不太感兴趣，这主要是因为，普通的冷冻工艺，肌肉组织中的水分会形成针状结晶，如一把把锋利的刀刺破肌肉细胞膜，使细胞失液，蛋白质流失。肉和鱼类中有 70%—80% 是水，一般的物质从液体变成固体，体积会变小，但水是例外，体积反而会增加 9%，这是因为在冰的状态下，负责连接各个水分子的氢键，呈现立体三维扩张的结晶结构，把冰的内部结构撑大，所以体积变大。

肉里水的体积膨胀，也会破坏肉里蛋白质等其他细胞或组织，一旦解冻，受破坏的蛋白质和氨基酸会随着水流出来。别小看流失的这一点蛋白质、氨基酸和水，仅仅是流失一点水，后果却是非常严重：食物的构造是靠水来维持的，水分流失会导致食物组织被破坏。水分不仅对食品的硬度、黏性、流动性等质地有影响，还关系到食物的滋味和颜色。表现在冰冻鱼上，一经解冻，鱼肉呈现海绵化，口感显著变差。一旦水分流失 3%，就无法维持新鲜度和质量。

　　宇晖兄在海鲜产区设立低温速冻工厂，冷冻速度越快，结晶的颗粒也就越小，鱼肉则越接近冷冻前的状态，所以低温速冻对海产口感和营养影响较小。这是除游水海鲜之外的最优选择了。

　　鱿鱼富含蛋白质，但也富含胆固醇。鱿鱼的胆固醇中既有高密度胆固醇，也有低密度胆固醇。鱿鱼还含有大量的牛黄酸，可抑制血液中的胆固醇含量。高密度胆固醇对人体是有益的，但低密度胆固醇则容易引发心血管疾病。这个海鲜在胆固醇方面就是个矛盾综合体。鱿鱼的嘌呤含量高，对痛风病人来说，还是不要吃太多为妙。

　　鱿鱼晒干后味道更为鲜美，那是因为鱿鱼在晒制过程中发生轻度水解，大分子的蛋白质分解为小分子的氨基酸，这就是鲜味的来源。同时，日晒或风干又把鱿鱼的水分控制在60% 以内，所以不会腐烂和发霉。

鱿鱼其实不是鱼，而是软体动物。鱿鱼新鲜与否，外衣的光泽是否闪闪发光就是标志。鱿鱼的这身光亮外衣，作用是发情期闪光，用于吸引异性，它们见到异性不是两眼发光，而是浑身发光。这层外衣的蛋白质非常丰富，鱿鱼死后，蛋白酶对蛋白质进行分解，这层闪光外衣就先褪色了，然后就是发生水解，表现出来就是鱿鱼软烂，不好吃了。

冰冻可以延缓水解和腐败过程，但肯定比新鲜的鱿鱼差一些。在肉菜市场买冰鲜鱿鱼，有时看到鱿鱼闪闪发光，做成菜却鲜味不足，那是因为无良商人在鱿鱼中加了甲醛、苯甲酸钠等化学物，让这层外衣不褪色，但鱿鱼的水解和腐败过程仍在继续。上当之余，还吃了一肚子化学物。

鱿鱼和乌贼是什么关系呢？很多人以为它们只是亲戚，其实，鱿鱼是乌贼的一个品种，叫枪乌贼。乌贼约有 350 种，除了鱿鱼这个品种，还有针乌贼、金乌贼、无针乌贼、火焰乌贼、荧光乌贼、大王乌贼、斑乌贼、细乌贼、飞乌贼等。我们把枪乌贼的另一个名鱿鱼叫惯了，反而忘了它的大家庭。这个大家庭的成员都有一个本事，体内的墨汁平时贮存在肚里的墨囊中，遇到敌人侵袭时，它们会从墨囊喷出一股墨汁，把周围的海水染得墨黑，然后乘机逃之夭夭。乌贼或墨鱼得名，皆与此功能有关。但为什么有"贼"这个不好的名声呢？唐代段成式在《酉阳杂俎》中说："江东人或取墨书契以脱人财物，书迹如淡墨，逾年字消，唯空纸耳。"大意是说江东人用墨鱼的墨汁写借条，一年后墨迹褪色，只剩下白纸一张，这债也就追讨不了啦！段成式是晚唐志怪小说家，《四库全书总目》说他"多诡怪不经之谈，荒渺无稽之物，而遗文秘籍，亦往往错出其中，故论者虽病其浮夸，而不能不相征引"。

那我们看看南宋周密在《癸辛杂识》所说："世号墨鱼为乌贼，何为独得贼名？盖其腹中之墨可写伪契券，宛然如新，过半年则淡然如无字。故狡者专以此为骗诈之谋，故谥曰贼云。"周密的这本书，是史料笔记，记载宋元之际的琐事杂言、遗闻轶事、典章制度，并记及都城胜迹杂录，认真得很，应该可信！原来是人做贼，乌贼墨汁只是工具，倒是因此惹祸上身，背了个"贼"名。

大吃货苏东坡有一首诗叫《送冯判官之昌国》，其中有"长鲸东来驱海鰌，天吴九首龟六眸"。这首诗是苏东坡的应酬诗，冯判官到昌国赴任，他说你冯判官到昌国，就如鲸鱼一到，鱿鱼跑个精光，昌国吏治一片清明。

北宋时的昌国，在现在的浙江定海，浙江盛产鱿鱼，鱿鱼吃小鱼小虾，也为其他大鱼所吃。苏东坡把鱿鱼的这些细节都写清楚了，可惜没写什么吃时的感受，估计他不爱吃鱿鱼，这个倒与胆固醇无关。毕竟，那个时候，古人还不知道什么叫做胆固醇。炒鱿鱼，用刀在鱿鱼身上划花刀，鱿鱼的结缔组织被破坏，受热后就自然卷了起来，既美观，口感上就不会又韧又硬了。

广州话把辞退员工说成"炒鱿鱼"。据民俗文化专家饶原生老师考证，旧时酒楼员工，工作在酒楼，下班后可没有什么员工宿舍，就把铺盖摊开在地板上睡觉，起床后卷起来。炒鱿鱼形状就如卷起的铺盖，老板想辞退哪个员工，就在员工餐中上个炒鱿鱼——卷铺盖走人。现在想辞退员工，可不是一碟炒鱿鱼那么简单，各种赔偿要做足，否则劳动仲裁见。

第四篇

CHAPTER 1

四方食事

银芭——
国际化表达的川菜

慕名来到学院派川菜大师徐孝洪老师的银芭，看看这个顶着黑珍珠两钻，欧洲荷兰鹿特丹第八届中国烹饪世界大赛金奖的餐厅，有什么过人之处。

毕业于中国第一所烹饪大学四川烹饪高等专科学校，现为四川省旅游学院教授的徐孝洪老师，经过专业和理论训练，毕业后在体制内餐厅从业，又辞职创业，都离不开灶台。现在他一边从事烹饪教学和科研工作，一边开着三个餐厅，分别是代表传统的"赤香"、代表现在的"南贝"、代表未来的"银芭"，更是他探索川菜发展的实践基地。一个川菜功底扎实、实战经验丰富、理论知识深厚、眼界识见广阔的集大成者开的餐厅，怎么可能不好吃？

如何给银芭餐厅定位？我想，川菜国际化表达的餐厅，再合适不过。这从几道菜中可见一斑。

/ 隐身的番茄

这是一杯开胃饮品，黑白分明的奇亚籽，均匀地漂浮在淡香槟色的番茄汁中，透明的冰粉也随着摇曳，红紫相间的洋葱花，更增添了些许浪漫。酸、甜、鲜的奇妙味道，滑、嫩的口感和缤纷的色彩，让人胃口大开。奇亚籽是产于北美的一种植物的小种子，在粮食不足的年代，曾经被当作粮食，因为它含有淀粉，现在受追捧是因为它含有 Ω-3 脂肪酸，这东西鱼油也有。

此外，它还含有亚麻酸、维生素 C 及大量的膳食纤维。亚麻酸和 Ω-3 脂肪酸，可以清除人体血管里的脂肪堆积，从而软化血管，清理血管。膳食纤维能够促进胃肠道蠕动，促进机体吸收营养成分，排出代谢废物和毒素，是名副其实的健康食品。

通过离心技术萃取的番茄汁，经过滤纸过滤，变成了更为清澈的液体，贡献了酸、甜和鲜的味道，香槟色是番茄汁里的酚类物质接触到离心机里的金属和空气后氧化的结果。焦糖的参与，贡献了甜味，也带来了国际化的味道。而冰粉，则是地地道道的四川美食。这样的组合，既有国际流行的健康元素，又有地道的本土元素。味道和口感，也是国际化与本土化的结合，应该是人见人爱。

/ 金牌低温鸡

　　作为一道优秀的前菜，少而精是基本的要求，如果能有"奇"，那才叫出彩，这道菜就完美地完成了任务。鸡胸肉因为脂肪含量少，为控制体重人士所喜欢，但鸡的风味物质集中在脂肪中，所以鸡胸肉乏味。鸡胸肉由肌动蛋白组成，参与运动的机会不多，没有结缔组织，所以比较嫩。

　　这是一种缺点明显的健康肉，很少厨师敢用，但银芭居然化腐朽为神奇：通过低温做法，抽真空恒温 72.5 度，袋内 1 个大气压，让鸡胸肉的肌肉蛋白质刚刚凝固，但还不会收缩，鸡胸肉里的汁液得以很好保存，所以滑嫩，这是将滑嫩进行到底。鸡胸肉乏味，但川菜可是调味大师，他们选用了鱼香味和椒麻味两种酱汁。传统上，这两种酱都需要重油来表达，因为无论是辣椒，还是花椒和泡椒，香味的主要贡献者是脂类物质，根据同类相溶的原理，油脂可以把这些香味物质萃取出来，这也是川菜重油的原因。但这道菜既然把健康定为基调，肯定不能用油，怎么办？他们采用了西餐里的高速搅打乳化技术，做出了有辣香味但没有油的酱，同时配以泡笋这种四川风味的泡菜，加强了它的地方风味印记。

/ 低温大西洋鲑鱼配有机时蔬

大西洋鲑鱼是正宗的三文鱼，丰富的鱼油和特殊风味物质，这是它的迷人之处。在海洋里长途奔袭，让它炼就了一身肌凝蛋白，温度加热到 55 度，蛋白质凝固，肌肉变得十分粗糙，这是它讨人嫌的地方。所以，三文鱼一般用于生吃，但生吃又不太符合国人的饮食习惯，也存在食品安全隐患。银芭继续运用低温慢煮这一利器——将温度控制在 55 度左右，只要时间合适，热量可以由表及里慢慢传递，避免外面温度达到 55 度，里面却还是冷的，当里面达到 55 度，外面却远远超过这个温度。这个温度，不仅三文鱼吃起来嫩滑多汁，而且颜色不会发生褐变，如生三文鱼般呈现出高贵的爱马仕红。至于调味，这个菜更是了得。他们在传统的咸鲜味的基础上，加了鲜汤、小米辣、香菜和山葵，创造出了川菜 24 味型之外的一种新味型——鲜辣味。这个前菜，鲜、嫩、辣，完全可以担纲主菜。

/ 拆烩鱼头配手工面筋

论拆鱼头，粤菜中的顺德菜是拿手戏，没想到川菜更绝——将鲢鱼头的骨头拆掉，保留了完整的鱼头，这简直是魔术师般的技法。这个菜，他们采用了家常味型，以郫县豆瓣、川盐、酱油调制而成，咸鲜微辣。在此基础上加了发酵豆汤和藿香，鲜和香十分平衡。这个菜，炖的时间要够，鱼头的大分子蛋白质才可以分解为呈鲜味的氨基酸，因为是热菜，还要够热。这个菜是银芭的招牌菜，一进门，就见厨房的展示区里一排砂锅鱼头在咕噜咕噜地炖着，着实让人开胃。上菜之前，这道菜连着炉一起被推到客人面前，打开锅盖，香飘满屋。

长时间的炖煮，不溶于水的香味分子会挥发掉，所以闻起来很香，吃起来却没那么香。这个菜非同寻常，闻起来香，吃起来也是鲜香兼有，秘诀就在锅里的手工面筋——手指宽的手工面，筋道得很，吸收了汤汁的鲜香，让人停不下口。同时，它也做出了突出贡献：手工面里的蛋白质负责让面条筋道，手工面里的淀粉部分受热，掉到汤汁里，这叫糊化。其中支链淀粉形成层层网络，把准备逃逸的芳香分子罩住；直链淀粉形成 U 字形，也让芳香分子没那么容易挥发，这也是这道菜特别香的原因。

　　其他的几个菜同样精彩。牛骨髓烧手工豆腐，这是升级版的麻婆豆腐，亮点在牛骨髓，牛的风味主要在牛油里，而牛骨髓是牛脂肪含量最多的，香得很。柴火牛肉配烧烤土豆，采用海拔 3000 米以上高原牦牛肉，用川式卤水慢慢熬制，加以墨鱼汁收汁，黑乎乎的仿如干柴，加上传统小吃烤土豆，口感干香软糯，营造了一种炭火烤土豆的意境美。火燎金鳝配烧椒皮蛋，在传统烧椒皮蛋的基础上，加上低温烤制的黑龙滩活水鳝鱼，搭配醋椒二荆条和本地非遗黄金皮蛋，装盘充满了四川竹林意境。

　　雅致的环境、开放的厨房、标准的服务，让就餐更舒适，精心安排的餐酒和几款不同的茶叶搭配，尽显四川特色。这餐饭，吃得眼界大开。原来川菜也可以做得如此高大上，不来，还真是井底之蛙！■

LEAF KITCHEN

南亭茶事——
探索中的当代川菜

应邀参加凤凰网川渝地区 2021 金梧桐美食榜单发布，再次入川，也顺便深度认识、考察、学习川菜。刚下飞机，直奔南亭茶事，一个探索当代川菜的馆子。

单看餐厅名字，就知道这馆子有想法，他们想在以茶入菜上面捣鼓出点名堂。但一看菜单，又不关茶什么事。厨师出身的王老板说不好班门弄斧，以茶入菜还处于探索阶段，还是以一席更有把握的"南堂宴"接待大家。

前菜共四道，分别是锅巴热凉粉、川味抹茶鹅肝、四味人生、烧椒鲜蚌仔。对前菜，我一般直接忽视，原因有二：一是主菜才是餐厅的赢利点，收得起价钱的菜还不一定做得好，收不起价钱的前菜，能有多好吃？二是现代人普遍营养过剩，一桌盛宴，能把主菜吃掉已经不错了，一开始就让前菜这一配角撑个半饱，一会儿主菜登场，也只有干瞪眼的份儿，岂不是捡了芝麻丢了西瓜？这个馆子很懂现代消费者的心态，只上四个前菜，而且，既好吃又精致：抹茶清爽和海鲜般的鲜味，抹去了鹅肝的肥腻，突显了鹅肝特殊的香。限制了光合作用的抹茶，富含茶氨酸，茶氨酸与谷氨酸分子结构极其相似，所以有谷氨酸般的鲜味。相对较少的单宁，又让抹茶少了一份苦和涩。鹅肝富含脂肪，固然肥腻，但鹅肝的脂肪又有少量的短链脂肪酸，所以有特殊的香味。

抹茶与鹅肝两者的结合，茶叶的苦涩冲淡了鹅肝的肥腻，这种有限度的苦涩又不掩盖鹅肝的香，而且还给鹅肝带来了鲜味。一抑一扬，甚好！而且，灰色的鹅肝容易使人看起来忧郁，翠绿的抹茶，马上让人感觉清新阳光。这种色彩在美食上的运用，大董做得最好，没想到这个川菜馆子也有两下子，不错不错！四味人生中的竹笋极脆极嫩极鲜极甜，没丢这个竹子大省的脸。烧椒鲜蚌仔，用的是中国象拔蚌，烧椒的辣盖不住蚌仔的鲜甜，还刺激了味蕾，食欲为之大开，挺好！

汤是著名的川菜——推纱望月。这道四川名菜是重庆名厨张国栋在上个世纪70年代所创，灵感来自明代小说家冯梦龙在《醒世恒言》里的"苏小妹三难新郎"的故事，其中有一联脍炙人口的名对："闭门推出窗前月，投石冲开水底天。"这个故事纯属胡扯，苏东坡并没有妹妹，作对才能入洞房，也是文人的一厢情愿，完全不符合逻辑，但这不妨碍张国栋将此意境运用于此汤的创作。他以南充竹荪为窗纱，宜宾鸽蛋为明月，以上等清汤为清澈宁静的湖面，成菜上桌后，一碗清汤中，网状的竹荪盖在圆圆的鸽蛋上，就像从窗口通过窗纱观看明月，筷子一动，拨开竹荪，又仿佛是推开窗纱。菜名别致，汤鲜淡雅，确实好！

　　南亭茶事给这道菜做了一番创新：用捶成肉浆的花鲢鱼肉
和蛋白做成鱼豆腐，代替鸽子蛋，一轮小明月变成一个大弯月，
更鲜更嫩，与淡雅的清汤更能互相呼应；老鸭小火慢炖的清汤，
加入了一些酸萝卜泡菜水，些许的酸与鲜的组合，既突显了鲜，
又增加了酸。喝下这个汤，苏小妹开不开门不知道，但客人
开胃是肯定的。

主菜更是道道精彩。贡椒乳鸽，来自汉源的花椒给红烧乳鸽带来了麻香，花椒的麻与香来自花椒麻味素、柠檬烯，以及各种芳香的醇和酯类。过多的花椒，麻味素会让味蕾短暂失去知觉，这道菜用的花椒不会太多，柠檬烯和醇类、酯类物质的芳香可以被味蕾捕获。18天的乳鸽，肉质纤维细嫩，温度的把握恰到好处，蛋白质刚刚凝固，还未过分收缩将肉汁排挤出来，所以多汁。最出彩的是，在烧得滚烫的火山石上面垫上香茅，再摆上乳鸽，香茅的香味渗入鸽子肉中，直扑鼻腔，令人陶醉。

香茅的主要成分是月桂烯、橙花醛和香叶醛，这些香味物质柠檬和熏衣草也有，所以香茅有柠檬味和熏衣草味。这些香味物质遇热挥发，渗入鸽子肉中，给这道菜带来迷人的味道。鸡枞的季节，用鸡汤一煮，就美味无比，加上竹筒的竹香，倒进放有被火烧热的鹅卵石的盘子里，鸡汤翻滚，香味扑鼻而来，滚烫的汤，不仅仅是鲜，更烘托着主人的热情。

精致的餐饮，菜品往往位上，这就难免牺牲了温度。这个菜如此设计，很好地解决了这个问题，也增加了不少情趣。馆派毛血旺，一改重油的形象，用青椒代替红椒，猪血滑嫩得如鸭血，获得一致好评。辣椒、花椒是川菜的灵魂，这两种香料之所以迷人，不仅仅是辣和麻，更因为它们有特别的香味。而它们的香味，源于它们自带的脂类物质，根据同性相溶的原理，足够多的脂肪可以把这些脂类物质萃取出来。这也就是川菜重油的原因。

　　现代人不喜欢太多油，但油少又会影响这些香味的析出。这道菜很好地解决了这个矛盾——用含有更多烯类、酚类、脂类物质的青椒，经过烤或炒，高温杀死了青椒里的多酚氧化酶，减少了对酚类物质的干扰，香味就冒了出来。

　　麻婆豆腐用了日本和牛，更多的脂肪，肉味更足，麻、辣、鲜、香十分平衡，互不冒尖，翠、嫩、酥面面俱到。为了保证烫，用上了石锅，将川菜麻辣味型的特点展现得淋漓尽致，加上一小撮白米饭，那种满足，不禁自然地抚摸了一下肚皮。

　　毕竟是生意，高端川菜馆不用高端食材，客单价上不去，也经营不下去。南亭茶事也免不了俗，尝试着高端食材与川味的结合：把海参做出鱼香味，这个没毛病，海参反正没什么味，给它赋予鱼香味，这是厚待了海参。如果把海参煨得再软糯一点，更入味一点，应该会更好。这个菜的鱼香味既平衡又干净，我把配菜的面条，每一条都蘸上满满的鱼香汁，如果不是考虑到吃相，真恨不得用舌头把盘里剩下的汁都舔干净了。

花胶与白鲢鱼头用红辣椒做的"绝代双骄"，鱼头极好，让花胶暗然失色。由蚕豆与阿拉斯加蟹的组合做成的"翠绿万象"，倒是挺配的。阿拉斯加蟹极鲜，与蚕豆的香，一鲜一香，一荤一素，一红一绿，甚好！蔬菜选用百合和芥兰，加上姜蓉，一糯一脆，一甜一苦，一白一绿一黄，这厨师真会搭。更重要的是，他们深谙兰州百合运用的奥妙——百合富含淀粉，必须高温让淀粉糊化，否则没法消化，生百合还有令口腔不舒服的不适感，于是，他们用了焗炉将它焗熟，产生软糯且甜润的口感。

川菜不是一味的麻辣，复杂多变的味型，才是川菜的魅力所在。可惜的是，离开了川渝地区后各类野蛮生长的川菜馆，用简单粗暴的麻和辣，驱赶了一切的美味。南亭茶事勇于探索，既讲传承，又敢创新，这样的餐馆，前途无量。■

南亭茶事——
探索中的当代川菜

跃会第二季的惊喜

　　《吃的江湖》首发式，恰逢跃餐厅第二季菜单准备发布。老板彪哥说不如发布前请各餐饮大佬们聚一下，以示庆祝，又让大家试吃。这个主意好极了，本来就要感谢城中餐饮老板们对《吃的江湖》的支持，还不用我自己掏腰包，很好！

　　一年多的时间，跃团队神神叨叨的，在广东境内到处游荡。我知道他们在寻找创作灵感。其实，跃的创作思维一向是颠覆式的。所谓的灵感，就是对着传统来个大反转，让人大出意外，与其说是"采风"，不如说是"采疯"，这是一群近乎疯狂的年轻人。

　　第一道菜还中规中矩，响螺鱼汤。用清远北江鱼的鱼鳞煲几个小时，再放鱼肉煮一下。另一边，深海响螺头已炖煮了几个小时。将两种汤再勾兑，放进当容器用的响螺壳里。端了上来，下面摆一个保温用的蜡烛，服务员小心翼翼把汤从响螺壳里倒进碗里，碗里卧着两块响螺头。

鱼鳞的主要成分是钙化的胶原蛋白，长时间炖煮萃取，可以释放约 5% 的蛋白质。蛋白质在 100 度时也会发生美拉德反应，只是需要的时间更长一些。几个小时地熬汤，没毛病。这时，无味的大分子蛋白质先分解为多肽，然后分解为呈鲜味的氨基酸。鱼肉本身就含有氨基酸，不需要长时间炖煮，也可以释放出来，这就构成来自鱼的鲜味。

生长于海洋深处的响螺，螺头承担爬行功能，不规则分布的胶原蛋白也呈现轻微的钙化，所以需要长时间的炖煮。所含的谷氨酸、核苷酸、天门冬氨酸和琥珀酸，都贡献了鲜味，而甘氨酸、甜菜碱和糖原则贡献了甜味，所以又鲜又甜。这两种汤都没有腥味，这是因为河鲜生活于淡水，只含有少量的氧化三甲胺，只要新鲜，不会产生带来腥味的三甲铵，即便有，也比海鱼少得多，而响螺，根本就不带这个东西。将这两种汤勾兑，来自不同世界的鲜甜味汇合，鲜得清沏，甜得干净，若隐若现的豆腐和芫荽味，又不见豆腐芫荽，让你将信将疑。带着疑惑就把汤喝下去了。这种视觉和味觉的矛盾，如即将猜中谜语般。是的，这就是这帮年轻人想要的效果：让你欲说还休，欲罢不能，想弄明白，多掏几次腰包！我倒是明了，就配合一下他们，不说了。

第二道菜就已经好玩起来了，生蚝。长得很帅的"快递"小哥，给客人送来一个快递，还一本正经地让你签字。可打开"快递"，原来是一道菜——生蚝。将用蚝仔、蚝油和香料煮成的酱汁，调至 80 度时熄火，把法国吉拉多生蚝从壳中取出来放进酱汁里，让其自然降温浸泡，这也是低温慢煮。蚝的蛋白质部分凝固，部分还未凝固，肌肉纤维没有收缩，蚝里面的鲜味氨基酸依然得以保留，没有被挤出来。这就保证了一只优秀的蚝的一个特点——鲜嫩多汁。把蚝和卤汁放进蚝壳中，继续降温，卤汁富含蛋白质和游离氨基酸，蛋白质在 25 度时凝固，形成果冻。氨基酸在 16~120 度时，

温度越低，分子结构越稳定，表现出来的就是越鲜。蚝里的甜菜碱带有一点甜味，温度降低时，不太甜的离子往甜的离子靠近，表现出来的就是更甜，这就具备了一只优秀的蚝的第二个特点——鲜中带甜。低温使蚝表面水分流失，食物脱水会导致食物变脆，但蚝的内部依然多汁。这就具备了一只优秀的蚝的第三个特点——又嫩又脆。采用来自法国干净海域的生蚝，半生熟的做法，这就具备了一只优秀蚝的第四个特点——干净卫生。而且，对于拒绝生吃的人来说，这是一种很好的心理安慰——你吃的是煮熟了的蚝。这道菜，很有创意，逻辑完美。只是，这道菜的采风地是汕尾，可爱的蚝爷天还没亮就带着这帮年轻人去采风，结果用的却是法国蚝，这记耳光不知蚝爷有何感想？与汕尾人民处得颇为融洽，负责拍摄的美食摄影家何文安先生，不知以后还敢不敢踏足汕尾？

美食活动家闫涛老师说广州虽名为羊城，却不善烹羊。这帮年轻人偏不服气，就做个支竹羊腩。羊肉的香味，来自它吃的草，草里的各种芳香醇、醛、酮、萜烯类物质，最终留在了羊肉里，构成羊肉特有的香味。但也因为吃草，产生了大量的短链脂肪酸和支链脂肪酸，少量的短链脂肪酸和支链脂肪酸具有特殊的香味，但多了就是膻味。

广东的山羊，膻味较浓。为了掩盖和赶走这种令人不舒服的味道，老广发明了支竹羊腩煲，用各种配菜和香料又驱又赶，还不惜用支竹的豆腥味来掩盖羊膻味。这个过程需要约一个小时的时间，好处是羊膻味减弱，羊肉和支竹入味、稍为遗憾的是，羊肉的部分芳香物质也跑了出来。这也是吃惯羊肉的北方人对老广津津乐道的羊腩煲给予鄙视的原因。这帮年轻人深谙此中乾坤，采用短链脂肪酸少的新西兰羊，所以不膻；用西餐烤羊排的手法烤，羊肉汁液流失不多，羊肉本身的香味得以保存；用干稻草熏烤羊肉，因为没有经过长时间的炖煮，干稻草的萜烯类芳香物质得以完整保留，传统的广式羊腩煲"禾杆草"味更浓郁。炸过的腐竹、煮过的马蹄、经典的腐乳随盘而上，一个不一样的"支竹羊腩"，呈现在你眼前。主角羊腩更香，只是传统的羊腩煲味道略嫌不足。也罢，有所得必有所失，如此心态吃饭，方觉愉快。

同样，貌似很广东的"顺德鱼生""梅菜扣肉""茶叶蛋""紫菜鱼翅""黄鳝饭""姜撞奶蛋糕"，也会给你惊喜不断。有的是熟悉的味道，却是面目全非；有的是貌似熟悉，但吃起来又仿若隔世。这帮年轻人，太会折腾了！就如这个世界一样，美食的发展也是多元的，有人在坚守传统，就有人在颠覆传统，有人在走细分差异化，就有人在走融合和稀泥，条条道路通罗马，美食的世界，因此而更精彩。■

新荣记，
高端餐饮的航标！

好朋友兼好球友谢劲志时隔十年又一杆进洞，组织大家到北京打球品美食，我们选择了米其林三星的新荣记新源南路店。高端餐饮，我看好好酒好蔡和新荣记。如果说好酒好蔡走的是国际化表达潮菜，那么，新荣记走的就是把地方口味做出国际范！

/ 食材选择国际范

食材选择国际范，是新荣记的特色之一。地方特色的烤鸭、新荣记出发地台州的带鱼、水潺、黄花鱼、黄鳝、墨鱼，不论贵贱，通通派上用场，这还可以理解。把中国传统臭豆腐搬上米其林三星的餐桌，就是相当大胆的。毕竟，这个味道，并不是所有人都可接受。再加上鱼子酱和日本马粪海胆，餐厅所在地、台州风味、中国地方特色、国际流行食材全都有，不受任何束缚，这体现了他们的自信：不是总有一款满足你，而是不管你习惯不习惯，我都有办法让你喜欢！

给大家留下特别印象的是一人一个剥得干干净净的马粪海胆，反口面被切除，只留下口面，五瓣丰腴肥美的金黄色海胆黄静卧其中，海胆外表的刺也被处理掉，连五瓣黄之间的几十块小骨也剔得干干净净。只需用勺子一刮，完整的一片海胆黄就可以送进嘴里。那种脂肪和呈味氨基酸混合产生的鲜、甜，瞬间包围整个口腔，奶油般的丰腴，让人不自觉地闭上眼睛，脸上写着"满足"。

日本人吃海胆已经够精细了：把海胆黄挖出来，盛进一个木盒子，吃的时候再从木盒子取出。相比之下，新荣记的吃法，更充满艺术感：海胆外型还得以保留，处理过的海胆壳，变成了一个艺术感的容器，客人自己用勺子挖，更具体感受海胆黄的饱满。当然了，餐厅为此要付出更多工夫清理海胆。海胆黄中央的白色器官，是它的嘴巴，由几十块小骨组成，大科学家亚里士多德对它们进行过深入研究，在《动物志》里描述过它的结构，像一个精致的提灯，所以被命名为"亚里士多德提灯"。这一块东西一般餐厅懒得清理，新荣记却清理得干干净净，几十块小骨一块不剩，简直如做手术般，用心！

/ 地方口味做出国际范

地方的就是国际的。新荣记能够把台州菜带上国际顶尖位置，将地方口味尽情表达，成为大家喜欢的味道，走出了一条新路子。从台州起家的新荣记，即便是达到国际美食的最高阶，也一直保留着台州风味，只是更加精益求精，让普

通家常菜走上殿堂：前菜的黄金脆带鱼，煎得闪闪发光，这只有特别新鲜才可以做到，金黄色甚是喜庆，油温把控的精准，是不是在麦当劳肯德基挖来了油炸师傅？整齐划一的鱼块，那都是成本——一条带鱼只选取肚子以下两三块的部分，其余的估计都做了员工餐，只能说做新荣记的员工太幸福。廉价的水潺，就是广府人说的"狗吐鱼"、潮汕人说的"殿鱼"，还真让新荣记弄上了殿堂，与蚝一起做成水潺蚝烙，水潺的水分给这道菜贡献了嫩。高贵无比的海钓黄花鱼，却用了家常得不得了的家烧做法，朴素的风格，掩盖不住高贵的灵魂，极鲜极甜的表现，透露着新荣记对家乡烹饪的自信。米香十足、温润体贴的年糕，蘸上家烧黄花鱼汁，优质蛋白质和淀粉的组合，自然给人带来满足感和幸福感，这种"土得掉渣"的表现手法，直让人发誓：我愿为渣！

/ 口味多元国际范

在新荣记，不仅可以尝到地道的台州风味，还可以尝到来自全国的地方风味。身处北京，怎能少了烤鸭？北京烤鸭，谁又能超过大董？直接拿来用就是。葱烧鳗鱼佛跳墙，带有浓烈的闽菜风格和鲁菜风格，花胶、海参、鳗鱼共冶一炉，这是胶原蛋白的一次团结的大会、胜利的大会。我深恶痛绝的花胶和海参，居然因为鳗鱼的参与，吸收了鳗鱼释放出来的谷氨酸和核苷酸，烧大葱释放出来的硫化物又进一步加持，变得有滋有味。而随后为了解腻而上来的一杯酸果汁，首创来自于粤菜的利苑。水潺蚝烙，化水潺多汁的缺点为优点，又脆又嫩，又鲜又香，这个发明权来自汕头东海酒家。饭后甜品榴莲雪糕燕窝，极细腻的表现手法，与好酒好蔡别无二致。底下的烤红薯，就把它与好酒好蔡区别开来。牛肝菌辣炒风干羊肉，这是云南菜的风格。羊肉风干，羊肉里的蛋白酶对蛋白质进行分解，产生了大量表现鲜味的氨基酸，与菌中之霸王牛肝菌搭配，鲜得让人失语。幸好有辣椒，又让我们回到人间。美食是没有知识产权的，拿来主义没有问题，吃过之后可以模仿甚至超越，更是本事，只要不把别人家的原创没皮没脸地说成是自己首创，就算厚道。新荣记老板张勇先生四处采风，吸收众家之长，把全国的好味道拿过来，这是最好的国际化！

/ 服务标准国际范

新荣记的服务，温馨、专业、细致、周到。当晚我们没有自备酒，到店后让店里配酒，要求是性价比高。专业的侍酒师根据我们菜单以海鲜为主，推荐了一款法国白葡萄酒，价格不贵，非常好喝。到饭店吃饭，如果在酒店拿酒，是一件很痛苦的事，服务员的推荐动辄几千一瓶，你想要个几百一瓶的，他会千方百计阻挠，核心意思就是一个：这酒就不是人喝的！点酒简直是在与服务员谈判，这种体验，在新荣记完全不存在。甜品榴莲雪糕确实太好吃了，大胃王老傅想再吃一个，以轮着位上，等到上他这位时雪糕已经融化为由，要求补多一个，服务员二话没说，马上答应，店长一路小跑把一个新的榴莲雪糕送上来，还不停地道谦。明知被讹，还乐此不彼，只为了让客人满意。走的时候，服务员一直把我们送到车旁边，等我们车开了，还在向我们招手。此等服务，妥妥的国际一流！

这种水平，都是成本，当然价格不菲。曾有好事者去店里低消费然后给了差评，新荣记委屈得很，但也只能忍气吞声。高端服务高收费，这符合市场经济规律，只是我们根据需求选择不同水平的消费，这才是常理。平时我们在家，咸鱼白菜，也可以做出美味，平凡的日子，方为正常，特别喜庆的时刻，或者重要的商务应酬，有新荣记们给我们提供高大上的美味和服务，不亦乐乎？ ■

好吃的青木

闫老师组局，来到威少位于珠江新城的青木日本料理。威少是餐饮世家，却另辟蹊径，留学日本，学来一套日料经营方法。与城中寿司店以贵做营销策略不同，青木以好吃为宗旨，与那些以贵为噱头的日料店比，实在得很。

威少很是用心，类似食材的直接对比，让食客更直观感受到产地不同、做法不同而带来的不一样的味觉体验。六种马粪海胆和北紫海胆，尽管都是奶油般的细腻，但香、鲜、甜各有千秋，有的浓郁，有的清澈，有的饱满，有的飘逸。细细品尝，香、鲜、甜之外，还仿佛可以尝到坚果的味道、海洋的味道。海胆的种类不计其数，它们都隶属于棘皮动物（希腊文的意思是有刺的皮肤）门海胆纲，从潮间带至数千米的海底都能发现它们的踪迹。人的味蕾由蛋白质组成，细小得很，只能感知小分子食物，海胆黄柔软口感让舌尖感受到的奇妙触感，再加上鲜得无以伦比的滋味，让味蕾不得不产生依恋。这种难以言喻的感觉，只要试过一次，终身难忘。

　　海胆黄是海胆的生殖腺，也就是卵巢和精囊，其总重量可以占到海胆内部组织的三分之二。但卵巢和精囊很难分辨，不论是外貌还是味道，非专业生物学家，很难辨雌雄。海胆生殖腺含有脂肪、氨基酸及多肽等物质，海胆黄鲜美的味道也源自于丰富的呈味氨基酸，尤以核苷酸和谷氨酸的含量最高。谷氨酸让味蕾像豆子发芽般打开，所以尝到了鲜味，但打开后没关上，所以味蕾感知鲜味只是一瞬间。核苷酸的参与，让味蕾打开，谷氨酸进去后就关门，因此鲜得长久，海胆可以说是鲜到极致的海鲜。海胆占海床的90%，种类繁多，但具有商业价值的并不多。著名的马粪海胆，因长得像一堆马粪而得名，日本、朝鲜、俄罗斯和我国都有。品种不同、产地不同、季节不同，口感也不一样。大体上，不同种类的海胆性成熟的季节不同，所以同一时间品尝不同种类海胆，口感上是有很大差别的。

来自日本北海道的缟虾和来自北极的甜虾，分别用刺身和生腌炮制，这种对比也很过瘾。缟虾也叫条纹虾，清晰迷人的条纹十分漂亮，剥去壳后，肉里仍是清晰的条纹，令人不忍下口。师傅把黄色的虾籽掏出来放在虾肉上面，甚是好看。虾肉清甜而软糯，清除了虾线的虾头，一口咬下去，爆浆的甜一下子撑满整个口腔。用黄酒和日本酱油生腌的北极甜虾，软糯的口感使鲜甜在口腔停留的时间更长，浓郁的酒香衬托了虾的清甜。这时忍不住要来多一杯清酒，一轮把盏言欢才对得起这世间美味。缟虾主要产于日本北海道日本海一侧的增毛、留萌、积丹半岛和桧山等地。在日本海的三大生食虾中，缟虾的产量最少，因此也最为珍贵。日本把虾叫"海老"，虾弯着腰，长着长须，海里的老人是也。缟，是指白色的绢，《汉书·韩安国传》提到"**强弩之末，力不能入鲁缟**"，说的就是这个意思。但缟虾分明是彩色的，怎么用了"缟"字？想不明白！这事留待日后请教对日文有研究的朋友。但这个缟虾，好吃得很，不是瞎搞。

把未经急冻的金枪鱼和经过排酸的金枪鱼做成握寿司，这种对比，还真吃出酸与不酸的区别。青木的寿司非常好吃，我们有时开玩笑说寿司是冷饭团，青木的寿司是有温度的，调配得极好的醋寿司，恰当的温度和海鲜极其搭配，去腻又增香，饭香加鱼香，从口腔、鼻腔直达肠胃。Alen 师傅边做握寿司，边提醒你十五秒内吃掉，以享受寿司恰当的温度。可以说，我从此喜欢上寿司。

　　来自日本的蜂斗菜，漂亮的花茎做成天妇罗，特殊的清香过后是如凉瓜般的微苦，然后就是甘。这种我们当成排毒的中草药，日本人却当成蔬菜，当市场上出现了蜂斗菜，也意味着春天来了。我国的蜂斗菜，产于四川、湖南等地海拔1000米左右的山坡上，夏天才开花，但同一物种，在日本却是春天的使者。

　　中日之间，文化相通，山川异域，日月同天，但相同的食物，不同的产地，不同的方法，结果又完全不一样。这种美食文化的同源性和差异性，也预示着这两个民族，不会走得太远，也不会走得太近，有时亲密得让人感动，有时疏远甚至矛盾重重，正常得很！■

云南觅食记

美食活动家闫涛老师是云南人。这个学交通事故处理的云南人，在美食话题里，常常把车开得有点远，但一讲到云南美食，总感觉他有点垂头丧气，挂在嘴边的总是"难登大雅之堂"。

云南不缺好食材，生物的多样性，云南认第二，全国没地方敢认第一。可以吃的生物，不就是食材吗？不用说各种令人眼花缭乱的菌了，就是各种蔬菜，别的地方有的，云南基本都有，云南的好多蔬菜，我们见都没见过，怎么就做不出可以令人惊艳的美食呢？趁着这次到云南考察鱼子酱的机会，美食家蔡昊老师让闫涛兄带我们到云南觅食，一路吃，一路聊。

一

首站到了昆明，中午就选在世博园里面的约园。这个挂着大师工作室和各种美食榜单的餐厅，环境倒是不错。至于菜嘛，一看就是商务应酬菜：冰镇葛根田七、油淋干巴、羊肉冻、辣椒炒干巴菌、红烧肉拼冬瓜羊肚菌。

　　味道清淡，与印象中云南菜又咸又辣大不一样，略感不足的是红烧肉太甜，干巴菌不是季节，属于冷冻产品，香味差了一大截，纤维化和木质化，有些渣感。蔬菜和菌类，都以有没有渣为标准之一，在这方面，渣男不受欢迎，渣菌也应该给差评！

　　至于冰镇葛根和田七、羊肉冻之类，闫涛老师也觉得大开眼界。这个分别来自于粤菜和鲁菜的表现形式，似乎离云南有点距离，幸亏田七、葛根还是那样熟悉，山羊肉还是那样膻，闫老师才不至于迷路。

　　最受欢迎的还是羊杂汤焯蔬菜。冬天的云南，昼夜温差大，蔬菜糖分含量高，所以很甜，四季如春的昆明，冬日里蔬菜的多样让人目瞪口呆。尤其是薄荷和茴香，让很少吃到这种新鲜蔬菜的老广们很是欢喜。我却是例外：如此刺激的香料味道，没有蔬菜应有的安分，仿如一个荡妇，尽量少碰。

二

会泽县有无以伦比的鱼子酱，按沈宏非老师的说法，"鲜得让人不忍离去"。在让我们吃得舌头都累了的时候，再吃别的东西，也就失去了对比的科学和公正了。倒是带皮山羊肉、鲟鱼肉火锅令人印象深刻。山羊肉的膻味在可接受的范围之内。对，羊肉还真得有点膻味，那是特殊的香。

鱼子酱那么好吃，鲟鳇鱼肉又有什么道理不好吃？在蔡昊老师的指导下，一整盘薄切的鲟鱼肉倒进翻滚的羊汤中，七秒后捞起来，鲜甜得要命！爽脆得要命！

鱼肉蛋白在 55 度时收缩，肉汁会被挤出来，在 60 度时变干。七秒正是 55 ~ 60 度之间，肉汁还保留了一些，所以鲜甜。肉汁流失了一点，所以爽脆！闫老师连连感叹："不是没有好食材，而是不懂把握分寸！"是的，这方面不独云南人如此，除了吃牛肉火锅时的潮汕人，全国人民大部分皆如此，总怕不熟，总怕不卫生，所以与美味总是擦肩而过。

用火锅汤底涮的青菜，依然甜得无以伦比，羊肉与鱼肉的组合，谷氨酸和核苷酸协同作战，鲜味提高了二十倍，再碰到甜得可以榨糖的蔬菜，焉有不好吃的道理！

三

　　重回昆明，闫老师安排了一顿私房菜，这是《风味人间》云南美食顾问敢于胡乱老师推荐的一间藏于普通住宅楼里的私房菜。胡乱老师不仅亲自作陪，而且用他对云南食材深度的了解，和我们一一介绍：云南菌中之王干巴菌虽好，可惜过了季节就没了，如何把这种美好留住？

　　他们的办法是在干巴菌的季节，把干巴菌蒸熟，通过高温把干巴菌各种酶灭活，然后急冻保存。原来活跃于各个湖泊、一斤几块钱的鱇浪鱼，由于外来物种银鱼的入侵，几近灭绝。近几年人工繁殖成功，又可以吃到了。这种肌间刺很多的小鱼，也只能用油炸，香倒是香，只是没什么特别的鱼味。一同吃饭的胡乱老师和几个云南朋友一脸的欣赏，物以稀为贵，那些失而复得的激动，我可以理解得到。

　　汽锅鸡、臭豆腐、冬瓜蒸火腿、炖猪脚几个菜，据说很传统，我一个外来客，觉得味道也还可以。胡乱老师说出了云南菜略嫌单调的原因：以前的人，一家只有一个火源，既要供暖，也要煮饭，所以只能在上面架一个锅，什么都往里装。能再弄个小炒之类的，那一定是贵客临门了。

四

大理喜洲古村口，一家挂着一串鸭子和牛肉的店把闫老师吸引住了。宜良烤鸭卖相不错，一吃就知问题所在：烤鸭过了黄金三小时，皮已不脆；鸭肉烤前没入味，靠一碟黄豆酱，味道当然寡淡。红焖鸡很香，与各种小炒味道一样，都很咸，这是云南菜的特色，都为了送饭而生的，典型的"偷饭贼"。我第一次吃到的儿菜很是惊艳，用清水煮，只放点盐和味精，居然很清甜，少许的苦带来了甘，比大芥菜更嫩更滑。

儿菜的正式称呼是抱子菜，与芥菜是亲戚，十字花科芸薹属芥菜种的一个变种，是我国特有的蔬菜作物。

儿菜栽培区域原仅限于四川盆地，后来逐步发展到贵州、云南、湖北、湖南、江西、安徽、浙江、江苏、上海等地区。它还叫角儿菜、芽芽菜、抱儿菜、南充菜、超生菜、背儿菜、娃娃菜、母子菜等。这么多名字，皆因儿菜是以膨大的茎和腋芽为食用器官，粗大的根部上，环绕相抱着一个个翠绿的芽包，如同无数孩子把当娘的围在中间。

儿菜特殊的鲜香气味，缘于一种硫代葡萄糖甙的物质，经加热水解后能产生挥发性芥子油。它还具有促进肠胃消化吸收的作用。儿菜主要吃腋芽，茎部去皮也可吃，腋牙膨大最适温度 10~15 度。因此，冬季正是儿菜的当季，或炒或煮汤，都很好吃！

五

高端的、私房的、苍蝇馆子的云南菜都吃了，到了蔡昊老师表演的时候了。

大理海西海景酒店，好朋友李朱一家紧靠洱海的民宿，这里有我留下的三十道以当地食材做的粤菜，所以也有各种粤菜酱料。蔡昊老师仿佛知道我缺了什么似的，居然自带了一包南姜。一路走来，他已心中有数。到了菜市场，他要了羊肉、牛肉、猪腰、猪手、黑鱼、河蚌、牛蛙、无花果、儿菜、水性扬花、茴香、薄荷、香菜。这几个简单的食材，他就可以放大招？

就地取材，到什么山头唱什么歌。蔡老师告诉我，他转了一圈，发现市场上的猪、羊、牛都很新鲜，而且都没注水，猪肉还是家养的土猪肉。青菜真嫩，怎么做都好吃。这些菜和肉大多都是前几天吃过的，在蔡老师的手里，它们会是怎么样的表现手法呢？

近距离的观察，我被蔡老师手法的大胆惊呆了：明明是做清汤羊，他居然往羊汤里放了一大碗油，当然，最后会把油取出来。两只猪手，蔡老师弄出三道菜：浓香的水性扬花卤水猪手、清甜的儿菜煲猪手、猪手汤焯青菜。不同的火候，把皮、肉、筋调理得妥妥帖帖，胶原蛋白充分释放，将猪手的优点尽情展示，肥腻的缺点却完全找不到。怎么做到的，这是厨房的秘密，未经蔡老师同意，只好就此打住。

不同的调料，配出不同的味道，南姜取代生姜，香味取代了辛辣，蔡老师把南姜演绎得出神入化。做米粉汤的牛肉和猪腰，嫩得不需咬牙切齿，猪腰令人不舒服的膻味也不见了。这一切全是刀法和特殊工艺的功劳。一碗令人销魂的酱料，最后一滴不剩，拌着米粉全进了肚子。牛油煎无花果，在芝士的参与下，明明是水果，却吃出肉的感觉……

六

各种美食榜单，粤菜、浙菜、淮扬菜、川菜都华丽绽放，连福建菜也拿到了米其林一星，其他菜系显得有点黯淡无光，闫老师的着急可以理解。但是，没上这些美食榜单，就不算美食吗？看陈晓卿老师团队拍摄的《风味原产地》，他们把眼光放到了云南、贵州这些非传统意义的美食地带，同样也让人垂涎三尺。这是为什么呢？

问题出在我们受这些评价体系的误导。美食榜单只能关注商业活动特别活跃的几座城市，做不到全覆盖。上榜的餐厅，好吃只是一个指标，环境、服务，甚至文化，也是评选指标。

284

而这些方面要做好，对餐饮企业来讲，意味着成本的成倍增加。羊毛出在羊身上，这些餐厅，不是我们普通消费者的菜。从这个意义上讲，高端餐饮不能代表一座城市的美食水平，那些散落在每座城市各个角落的苍蝇馆子，才更具代表性。

对一座城市来说，高端餐饮也不可或缺。商务应酬该有的排场，苍蝇馆子确实承担不来；先富起来的人们，也有高消费的权利；小康人家，偶尔光临一次，既增加幸福感，也增添点前进的动力，挺好。

高端餐饮还承担着对一座城市美食的引领和带动作用，它吸收了高水平的厨师，名厨师们的创新，也会把成果下沉到普通的餐厅。阿拉斯加蟹固然好，我们的梭子蟹也不错，换个便宜的食材，没有 100 分，80 分也不差！你有法国肥肝，我们用国产鸭肝鹅肝，胜在新鲜！印尼的濑尿虾个大肉多，我们本土的口蛄虾不就个小吃起来麻烦吗？不怕麻烦是我们的优势，普通人的快乐，你们富人不懂！

七

一个地方有一个地方的饮食偏好，从而形成一个地方的美食特色，也反映了一个地方人们的性格，所谓"一方水土养一方人"，也包括美食。这个道理，陈立老师在他的《滋味人生》中讲得很通透。

具体到云南菜，它归属于川菜的大体系。毕竟，云贵川的气候、环境、物产十分相似，人们的生产、生活也更接近。偏咸，是为了把饭吃下去；偏辣，是为了打开味蕾；在过去的年代，得到食物，尤其是肉类并不容易，因此有了腌制食物，比如火腿、腊排骨等。清淡的做法，在这些食材面前就一筹莫展。所以，云南菜不需因为上不了高端餐饮而妄自菲薄，把云南人民的胃口照顾好，这个贡献也不小！

云南也有高端餐饮的需求，也有高端餐饮的条件：各种菌得天独厚，还拥有最高端的鱼子酱 AMUR！如何将这些食材的优点表现出来？还是如传统做法一把辣椒干炒吗？

创新是餐饮业发展的灵魂，传统是创新的基础，如何在传统和创新中找到出路，这不仅仅是云南菜面临的问题，也是其他菜系面临的问题。但是，好像把干巴菌冷冻，从而一年四季都可以吃到，这个路子值得商榷。菌类季节性很强，过了季节，不论如何保鲜，都会芳容失色。干巴菌本身就很贵，那是它独特的芳香和口感使然。离开了这两个因素，干巴菌就徒有其表了。这既辜负了它的芳名，也对不起昂贵的价钱。物以稀为贵，云南各种菌本来就具备饥饿营销的天然条件，又为什么要让它变得触手可及呢？

袁枚在《随园食单》中专门强调了食物的时节："有过时而不可吃者，萝卜过时则心空，山笋过时则味苦，刀鲚过时则骨硬。所谓四时之序，成功者退，精华已竭，褰裳去之也。"这个道理，放在现在，仍然可用。

五天的行程，五天的口腹之欲，五天的思索，让我们感受到中华美食文化的精彩，成果就留在大理海西海景酒店了。那里的美景，配得起这些美食。还有，这一路，给了我的启发是：不同地方的美食，不可互相比较，因为，我们不一样！ ■

彩云之外的美味

作为彩云故乡的云南人，闫涛老师每每于赞美和惊叹别的菜系精彩之余，顺带都会为家乡菜的不出彩而扼腕。去年，他在北京发现了一个拿得上台面的云南菜馆——泓 0871 臻选云南菜，兴奋得到处奔走相告，这次到北京，自然带我们去威水一番。

餐厅位于朝阳区一个由厂房改造的创意园区，简约的工业风，透露出一丝丝现代气息，仿佛预示着他们走的就不是传统的路线。专业的火腿房，地下铺着松针，又明明告诉你，他们对云南食材的虔诚和尊重。创始人兼大厨刘新师傅是云南人，却是学粤菜出身。老板小翠兄是山西人，从事美食研究多年。这样的组合，会带给我们什么不一样的体验呢？

前菜共八道，简直就是云南优质食材代表大会：姬松茸和会泽阿穆尔鱼子酱、三年诺邓生吃金腿和大理邓川乳扇、临沧火把鸡枞茭白丝、版纳树番茄黄金松花蛋、冰封昭通乌天麻、葛根和米汤春笋、黑松露晋宁盐水浸乳鸽、豌豆粉红油椒麻腾冲大薄片。鱼子酱浓郁的鲜和香与姬松茸的游离氨基酸、辛烯醇带来的清香汇合，一浓一清，一山一水，让你感受到大地山川的慷慨。我国火腿大多是熟吃优于生吃，泓餐厅选用诺邓三年火腿中大腿与小腿转弯处那七两肉，切成薄片生吃，玫瑰般的半透明色泽、丝绸般的质地，同时兼具肉味和水果般的风味。腌制火腿分为两类，一类是含亚硝酸盐的，一类是不含亚硝酸盐的，这取决于加不加硝石。亚硝酸盐能保护肉中脂肪不受氧化，因此不会有酸败味，还能抑制细菌生长，但亚硝酸盐与氨基酸发生化学反应，会形成致癌物质亚硝胺，所以火腿中亚硝酸盐残留不能超过 0.02％。泓

四方食事
CHAPTER 4

290

餐厅选用的火腿与帕尔马火腿一样，属于不加硝石，没有亚硝酸盐的火腿，虽然不能阻止脂肪受氧化分解，但脂肪分解又给火腿带来更多果香脂化合物，所以果香味更浓，也更安全健康。加上大理的紫苏泡梨、临沧的夏威夷果，水果和干果与火腿的果香互相呼应，这种香，真是天上人间！

暖汤是宾川鸡足山黄精蒸炖鲟龙鱼骨，汤之鲜，干净又复合，纯粹且饱满，这得益于蒸炖这种烹饪技法，通过蒸汽传递热量，少了大规模的沸腾搅拌，不会释放出大量的肉碎，所以清纯。来自大理宾川鸡足山的黄精，又称"老虎姜"，李时珍在《本草纲目》中就说："黄精为服食要药，故《别录》列于草部之首，仙家以为芝草之类，以其得坤土之精粹，故谓之黄精。"古人认为黄精是黄土地的精粹，服用它的人可以获得来自大地的精气，以此获得寿命的延长，甚至得道成仙。这个说法涵盖了太多人们对于长生不老、容颜永驻的美好想象，《名医别录》说黄精："久服，轻身、延年、不饥"。这似乎也没毛病。现代科学已经从黄精身上已经分离出包括黄精多糖、甾体皂苷、蒽醌及黄酮类等多种化合物，这些与调节血糖、增强免疫力、抗肿瘤、改善记忆、抗炎抗病毒等多少可以扯上点关系。从美食角度看，大理鸡足山的黄精属于甜黄精，有大量淀粉、糖分、脂肪、蛋白质、胡萝卜素，这就为炖汤贡献了甜味，粤式高汤贡献了谷氨酸，鲟龙鱼骨贡献了核苷酸，这就创造了鲜味，加上点有益身体的心理暗示，也就美滋滋的。这道汤，云南食材，粤菜炖汤做法，又鲜又甜，好喝！

主菜更是气势恢宏：见手青洱海菜烧鲟鱼龙筋和鱼鼻。见手青是一种野生牛肝菌，因手摸到此菌的子实体后，菌子受损变成紫青色，顾名"见手青"，它的游离氨基酸贡献了鲜味。洱海海菜是绿藻类水生植物，产于大理洱海，因生于水中，又开花，又叫"水性扬花"，贡献了软糯口感和植物纤维的同时，也提供了那方面的想象空间。有些事干不得，但想一下也有些许满足，如果还能吃，那叫一个完美。鲟鱼龙筋和鱼鼻，贡献了胶原蛋白。龙筋的糯和鱼鼻的脆，这一矛盾的口感，让人印象深刻。两只甲鱼的裙边熬制出来的酱汁，满满的胶原蛋白，微辣的味型，又还原了云南菜的味道。永平白花木瓜黄焖雄雉鸡配煎面，微酸中辣，鸡肉香鲜，配的一撮广式碱水面，吸足酱汁又保持筋道，这是粤菜出身的刘师傅才可以想到的神来之笔。这道菜，被坐我旁边的央视导演张涵冰称为"加班后唤醒菜"，走的时候毫不客气地把剩下的打包了。我知道她喜欢，故意不多吃留给她，否则，哪有剩下？

撒坝腌肉篁子笋腌梅大白刀，来自云南省禄劝彝族苗族自治县的腌肉，选用的撒坝猪，是云南地方优良品种。这种猪，肉质细嫩而纯香。来自瑞丽的篁子笋，又叫篁笋，别看它小众，但因纤维粗，笋味足，很受欢迎，而且还因为长得特别，颇受关注。北宋高僧，被欧阳修评价为"博览强记，亦自能撰述，而辞辩纵横，人莫能屈"的佛教史学家赞宁在《笋谱》中就说篁笋"皮黑紫色，其心实"。朱熹的父亲朱松就有一首《篁竹笋》："梅雨冥冥稻已齐，连云篁竹暗蛮溪。短萌解箨登雕俎，错落黄金骙裹蹄。"

四方食事
CHAPTER 4

294

大白刀鱼就是翘嘴鱼，广府人叫和顺鱼。腌肉和竹笋的谷氨酸和天门冬氨酸，给翘嘴鱼的鲜做了加法，加上来自大理洱源泡过梅子酒的青梅子和五年梅子酒，赋予了云南的味道。翘嘴鱼含水量偏高，清蒸嫩有余但香不足，如果改用红烧或家烧，估计会更出彩。

这几道硬菜其实已经把我吃饱，接下来的宜良松针现烤小刀鸭、老拨云堂小牛排配桂蜜树番茄、宾川腌酸菜红腰豆烧黑皮子、鲜石斛花蒸原只鸡蛋配会泽阿穆尔鱼子酱、景东鲜香菇棠梨花烩蚕豆、矿泉水煮原味豆腐金雀花和云南大苦菜，只能浅尝辄止，但主食小锅米线和现烤的破酥包、刚炸出来的黑虎掌椿卷一上来，阵阵香味冲击，根本抵挡不住，经受不住诱惑的结果就是，彻底吃撑了！

传统的云南菜，主要用于配饭吃，确实不太适合于宴席。泓餐厅大胆革新，搜罗云南各地食材，表现云南风味，又大胆与粤菜结合，这种创新，称之为现代云南菜的一个里程碑，不过分！■

厉害了，厉家菜！

    北京的塞车，如同春末的北京风沙一样可怕。午饭约了在芙蓉无双吃饭，十二公里的行程，车子走了一个半小时，吃完午饭已是下午三点，只能直接赶到顺义厉晓麟先生家。容太今晚就在那里设宴，请大家吃厉家菜。刚吃完午饭就直接去吃晚饭，这真的是应了那句"不是在吃饭，就是在去吃饭的路上"，夸张得很，简直就是一群饿鬼。

    厉先生的家在顺义区的一个花园别墅，到他家时，还没到五点，就先喝茶聊天吧。

    说起厉家菜，这得从厉先生的爸爸厉善麟老先生说起。厉善麟的爷爷厉顺庆（字子嘉）原是内务府都统。清宫专门管理国家筵宴的机构叫光禄寺。光禄寺设计菜谱、写菜谱，再由内务府都统检查合格后才能加工制作，负责检查的二品官之一便是厉善麟的爷爷厉子嘉。当时的宫廷菜糅合了汉、满、蒙、回多种民族菜系的精华，样式种类繁多，菜单审久了，上面的菜自然也就记住了一二，但皇家家宴是保密的，所以厉子嘉一直等到辞官后才将他记忆中的宫廷菜写下来。从爷爷到父亲，再到厉善麟老先生，传下来的菜有百八十种。

厉善麟自小过着小少爷的养尊处优的生活，继承了上一代好吃的传统。区别的是，他不但好吃，而且好做。十岁左右，厉善麟就出入厨房，既当观众，又当帮手，看着厨师怎么炸丸子，油的温度怎么控制，馅怎么调。久而久之，他便偷学了好多厨艺。

成年后的厉善麟先生，学习经历颇为丰富，先是考上了辅仁大学化学系，1946年又进入北洋大学读航空工程学专业。解放后正好北京大学招生，厉善麟又成了建筑学梁思成门下的学生。之后的三校调整，又将他调整到清华大学。退休前的身份又成了首都经济贸易大学数学系教授。

"文革"中，厉善麟因身体不好而未被打发到干校劳动，没有公职、也没有收入，赋闲在家将近七年。这七年，让他有时间琢磨厨艺，自己动手配制、调试，练出了一身好厨艺。

厉家人的"好吃"又毫无保留地遗传给了厉善麟的三个女儿和一个儿子。闲来无事，一家老小就自己倒腾吃的。1984年10月，中央电视台和中国食品杂志社联合举办一个烹饪大赛，厉家人派出原本在医院里做营养师的二女儿厉莉出山。厉莉在短短两个小时内做出了14个菜，神奇地击败了不少专业厨师，一举拿下了第一名。

1985年，"厉家菜"正式亮相，只有一张餐桌，只接受预订服务。1986年下半年，厉家菜接待了第一批外国客人——阿莫科石油公司。之后，英国大使伊文思光临厉家菜。从此，厉家菜蜚声海外，来的客人也以外国人居多。后来，厉家人

把餐厅开到北京城和海外，在东京的厉家菜，拿到了米其林二星。

　　厉晓麟先生本业是室内设计师，打小就参与厉家菜的创作，厨艺更是了得。也是，厨师就是味觉设计师，和室内设计师都是艺术家，这一点一脉相承。厉家姐弟把厉家菜开到东京、巴黎、墨尔本、香港、台湾，名声大得很。厉晓麟先生的"兰庭厉家菜"，更是有他自己对宫廷风味独特的理解。

　　厉晓麟先生亲自下厨的这桌清宫皇家风味菜，前菜就有九道：炒咸食、翡翠豆腐、炉肉、北京熏肉、香辣鹿筋、清蒸蛤什蟆、鼓板大虾、凉拌火鸭丝、烫面饸饸。精致自不用说，故事更是丰富。味道方面，有几道菜我特别喜欢：炒咸食，看似全素，但却吃出肉味，清爽不清淡，鲜甜脆俱佳。

为了让炒过的红萝卜变脆，厉家菜很是用心研究了一番。清宫是在冬天才做这道菜，炒后放凉，现在有了冰箱，炒后放冰箱降温，也就变脆，一年四季都可以吃到。因为食物在低温时脱水，脆就是食物脱水的一种表现。翡翠豆腐，精选毛豆去皮磨碎，用姜葱蓉煸炒后，加入由几种海鲜熬制而成的酱汁，毛豆的清香又饱含鲜味。这种表面平凡内里不凡，也许就是"低调的奢华"吧。

毛豆，其实就是没完全成熟的黄豆，因豆荚长毛而得名，古称"菽"，在中国有五千多年的种植历史。嫩毛豆带有一股柔和、清新，如同豌豆般的风味，质地松脆。豆皮含有单宁，所以有一点点苦涩。把毛豆去皮，就是去除苦涩，还增加了柔嫩口感。

　　豆腐也是由黄豆做成，这道菜名为"翡翠豆腐"，还真有豆腐般的质地和味道。当然了，风味方面更胜一筹，各种海鲜萃取的酱汁，富含谷氨酸和核苷酸，给毛豆带来了鲜味，而且不见踪影，绝了！

　　前菜如此精彩，这给热菜设了一个不小的门槛。正当我为厉先生担心时，几道热菜依次登场：

　　燕窝烩山鸡脯，清、鲜、滑，选用山鸡的胸脯肉，应该就是为了回应燕窝的滑嫩。

　　鸭包鱼翅，饱满、醇厚，把胶原蛋白给人带来的幸福感表达得淋漓尽致。鱼翅选用沙鱼背鳍，这部分连着鳍肉，风味十足。鱼翅就是沙鱼鳍，主要成分是胶原蛋白。那些针状的软骨，是钙化的胶原蛋白，虽然爽脆，但不易被人体吸收。鳍肉比较腥，质地软糯，易被人体吸收。有人喜欢鳍针，有人喜欢鳍肉，厉家菜的鱼翅连针带肉，软糯且风味十足。老鸡汤加嫩鸭肉，更给鱼翅带来鲜味，筷子夹了鱼翅，过了一会竟然粘住了。

　　原汁鲍鱼，选用日本吉品干鲍，品质一流，连鲍鱼裙边都是溏心的，这种极品，吃少见吃。厉家菜做鲍鱼，不用太多东西调味，只有老母鸡参与，基本上是鲍鱼煮鲍鱼，故曰"原汁"，与其它干鲍不同，就是鲍鱼干干净净的味道，纯粹得很。

　　雁脯焗花胶，用雁鹅熬煮出来的浓汁焗花胶，雁鹅浓郁的野味，不仅仅带给花胶的鲜，还带来特有的香。长时间炖煮的天鹅胸脯肉，也嫩得很，吃了这道菜，终于理解了癞蛤蟆的终极追求了。

青菜是选用油菜心，菜单上的"金勾"，就是泡发的虾干，给油菜带来鲜味，加上百合的甜，这种搭配，味觉甚好，视觉也佳，黄、白、绿交相辉映。听觉上，则脆得有些收敛，我想，这是因为，堂堂皇室，吃饭时咔咔作响，应被视为不雅，所以如此设计。

这几道硬菜，特点之一就是软糯。这估计与老佛爷上了年纪，牙口不好有关。同时，宫里上菜，一声令下，一百多道菜齐上，所以必须提前准备。这些炖煮熬的菜，提前做好并保温，终致软糯，这也是迫不得已。

特点之二就是纯粹，没有杂味，丁是丁，卯是卯，明明白白，费事皇上和老佛爷问起来还要作答。那种应答，三跪九叩事小，回答不满意还容易惹来麻烦，小则训斥，大则挨板子、掉脑袋。

我们今天欣赏它，是感受宫廷风味的不一样，非要以自己的偏好评价它，那既费了银子，又闹了心。至于评价值不值，吃得起吃不起，那是另一种逻辑了。

主食是鹿尾酱配手擀面，鹿尾巴肉酱的味道，我倒是来不及尝到。据同台吃饭的麦广帆大师说，那种鲜香，简直是绕梁三日，咽下去后还味道往外涌。我欣赏的是手擀面的筋道。

面的筋道来自面粉里蛋白质形成的二硫键。面粉中的蛋白质，有一种谷蛋白，谷蛋白有许多半胱氨酸。这种氨基酸上有一个巯基，由硫原子和氢原子组成，氢原子如果出走，两个硫原子就链接在一起，化学上称为"二硫键"。当大量的二硫键形成，面团中的谷蛋白就形成了一个巨大的网络，

这个网络在受到外力作用，比如牙咬时，就产生变形但不断开的效果。要让它断开，就需要用劲咀嚼，这就是筋道！

手擀面之所以筋道，是因为用手不断搓压，巯基分子碰面机会更多，氢离子更容易出走，二硫键更多，形成的网络越紧密。这道主食，肉酱厚实，面条筋道，菜码整齐，看着就有胃口。想到鹿尾巴肉传说的种种好处，一不小心，鹿尾巴肉酱倒多了，导致面条太咸，抢救办法是加面，可惜肚子早就吃撑了，只好遗憾作罢，真是"贪字得个贫"！

奇怪的是，厉晓麟先生貌似不需要长时间准备，开饭前一直陪我们聊天，直到开饭时他才从容调配，感觉就是举重若轻，运筹帷幄。这些菜，本来就是可以提前准备的，一声开饭，就一道道上来，仿如皇上"传膳"。麦广帆大师、瑰丽彪师傅又在他左右观摩，厉先生也边聊边做。我想，如果两位师傅安心做食客，会不会更好吃呢？

柏景轩香飘天下味

　　凤凰网美食盛典在北京召开，二狗哥振宇兄热情邀请，闫老师建议我干脆用几天时间全面体验一下北京美食。说实在的，想补这一课好久了，只是苦于没有敲门砖和带路人，这下正中下怀，满心期待赴京。一下飞机，第一站直奔泰富酒店的柏景轩。

　　位于五星级泰富酒店二楼，挂着黑珍珠一钻和米其林餐盘的荣耀的柏景轩，豪华雅致，一看就是为商务应酬打造的餐厅。让人意外的是，柏景轩居然为客人打造了独立的茶室，在餐厅旁边辟出五间小房，房间不大，十平方米左右，坐下七八个人，这不正是适合交流的社交距离吗？

　　北京城的拥堵是闻名世界的，约个饭局，客人到的时间参差不齐，需要一个空间让先到的客人喝茶聊天。放到包房，空间太大，不便交流之余还平添一份迫切感。将等吃饭的人从吃饭的空间抽离出来，那种等人的捉急和抓狂，自然就降低了。柏景轩把这一细节都考虑到，如此用心，我没见过。

用心的餐厅，菜的出品应该不会差，十道前菜，让人眼花缭乱。来自大连的超大樱桃，担任了时令水果的角色；京味豌豆糕，就是餐单中的"餐前小品"，细腻得让味蕾感受到她的温柔和体贴。纯正而浓郁的豌豆味，不甜不腻，一下子感受到，北方的春天，本应该就是清新和明媚，而不是漫天黄沙。

即炸即上的秘制熏鱼，又脆又嫩又酸又甜的综合口感和复合味道，已让我折服。谁家前菜会即做即上？凉菜不就是一早准备好，给主菜暖场的吗？但一早准备好的熏鱼，酱汁已经渗透到炸过的鱼块中。脆是因为食物脱水，脱水的食物又进了水，当然就不脆了，柏景轩用即炸即上解决了这一问题，确实用心。而且，熏鱼里没有一根刺。一问，原来用的是鳕鱼。当我们尝到酸甜食物时，味蕾受氢离子刺激，分泌涎液，胃口大开，喉咙也大开，自然就想把食物吞进去。但熏鱼里如果有刺，自然又会小心翼翼，这种欲迎又拒的味蕾体验，会让人引起应激反应，产生着急情绪，严重的会发火、柏景轩用没有一根肌中刺的鳕鱼解决这一问题，这是一道最舒心的熏鱼！

其他的七道前菜，沙棘白芦笋、迎春素烧鹅、什锦蔬菜拌手撕鸡、炝拌海南龙豆角、蒜香草原毛肚、柚子雪花枝卷、熟醉蟹什么的，我已无暇顾及，估计每道都尝一下，也就饱了。二狗哥建议，说以后吃饭先上主菜，这些凉菜拼酒时再上，很有道理，物质丰富营养过剩年代，凉菜确实应该改一改了。

　　如果说前菜还有点京韵和淮扬味，那么以下的主菜就直接把你打蒙了。明前龙井茶汤，用老鸡汤和笋丝加龙井茶，这是淮扬风味；陈皮脆皮乳鸽，这是粤港风韵。乳鸽仍然多汁，典型的玻璃脆皮，从浸泡入味到油炸火候把握都无可挑剔。陈皮遇高温挥发，让陈皮参与油炸类的烹饪，难度极高，好在陈皮入菜，只需要一点淡淡的香味就够了，多了又苦又涩，好像在吃中药。这道菜，放在妙龄乳鸽的老家中山市，都可以进入前三名。

　　柚子黑醋汁酥皮海参，这是一道接近西餐但又是中式味道的菜。将辽参发煨到糯，裹上脆浆油炸，再用柚子利口酒和意大利 15 年黑醋汁熬制，加上花椒麻辣汁调出的浓酱调味。生长于低温的辽参，分子密度高，要做到与热带海参一样糯不容易，好像也鲜有人这么想，柏景轩做到了。

食物在味觉停留时间长谓之糯，营养丰富的东西多表现为糯。我们的大脑自然就把糯与营养丰富联系起来，吃到糯的东西会产生富足感。有科学家发现，人们吃到脆的东西，产生的共震会让大脑分泌多巴胺，所以脆又产生愉悦感。这道菜又糯又脆，富足感和愉悦感都有了。

海参本身的味道寡淡得很，我最痛恨海参炖汤，根本无法入味，柏景轩用西餐的浓酱汁原理让其入味。意大利黑醋的浓香和浓酸，柚子的橘子香和花椒的轻微麻辣，中和了海参的腻。这种香、酸、甜、辣、糯、脆的联合冲击，太销魂了。酱汁和辽参是黑色的，柏景轩干脆将黑暗进行到底，裹着辽参的脆浆，用上了墨鱼汁，这也是另类的黑暗料理吧。这三道菜，分别是淮扬菜、粤菜和西餐，但又是那么统一和融和，这个套路有点晕。

四月底的北京，春天还是露出了尾巴。柏景轩这顿饭，也还春意盎然。高邮河虾炒鸡头米，让人一下子回到汪曾祺先生所描述的江南水乡，河虾的鲜、百合的甜、鸡头米的糯。小豌豆仁的翠绿，真正的色香味俱全，心情也一下子随之清爽。

XO酱八爪鱼爆芦蒿，浓郁的XO酱衬托了芦蒿的清脆，尽管没有竹外桃花，也可以感知春江水暖。一顿用心的晚餐，季节不能缺席。尽管科技的干预、温室的推广，已经让很多食材可以跨越山川、穿越四季，但有些味道，只能随着季节如期而至。柏景轩用心捕捉，如此宴客，才叫真诚。

在柏景轩宴客，认真品尝鉴赏美食是主题，师傅们会把重头戏直接搬到房间，在客人面前演绎。呈现在客人面前的，已经不仅仅是色香味，连声都有了。烟熏黑牛老腊肉炒金钩翅，用粤菜常用的大砂锅炒鱼翅，配角选用祁连山雪龙黑牛牛小排肉，快速烟熏，这是木头萜烯类的香味和牛肉脂香的结合。

来自湘西的老腊肉，与烟熏肉的合奏，鲜得厚重，香得沉稳，看来老腊肉有时比小鲜肉更吸引人。韭黄的脆和硫化物带来的清新，又加入了年轻的元素，让各种鲜香沉而未老，稳却不陈，和用高汤煨过的金钩鱼翅高温下共冶一炉，大分子的蛋白质瞬间转化为小分子的氨基酸，香飘四溢，未尝已馋。

　　东海半野生大黄鱼是高端餐厅的新宠。柏景轩用泰国冬阴功汤分段烹饪，鱼腩七秒，其他部位三十秒，火候恰到好处，味道更是直捣咙门。把石头加热，放进砂锅中，娃娃菜和干瑶柱丝铺陈上面，淋上上汤，盖上盖，满桌沸腾，作响，十秒后揭盖拌匀，好味道就这么简单呈现在你面前。这种将菜品毫无保留地在客人面前呈现，让客人仿佛有了参与感，未吃已经摩拳擦掌，跃跃欲试，食欲大开，不知不觉中就吃撑了。

　　我们品尝食物的风味是多渠道的，不仅仅是味觉，嗅觉和触觉都参与了。柏景轩更调动了我们的视觉和听觉全方位参与，这种体验，令人兴奋！

　　细数一下，这顿饭尝到了京韵，又吃到了淮扬菜、粤菜、川菜、泰国菜和西餐，配酒师的专业更是为一顿美味增色，正如他们的追求——"京韵于食空，粤扬于天下，味远于空谷，臻藏于匠心"。

　　我看，柏景轩是想将天下美味集于一身，这种走融合菜的道路，是对食材的充分理解，又符合烹饪科学。黑珍珠给他们一钻，米其林只给个餐盘，低估他们了！■

广州遇上荔雅图

闫涛老师组局，来到正佳万豪酒店楼下的荔雅图餐厅，品尝 Alan 的法餐。

西餐正式开始前，例牌上面包，我想是为了填补上菜前的空档，同时也让胃里塞进一块海绵，为待会儿的酒做好吸纳准备，慢慢释放出来，让肝脏分解，这才不容易醉。类似的做法，一些潮汕菜餐厅会上一碗粿汁。顺便说一下，这餐厅的面包极好！

餐前小吃共三款：法国生蚝鱼子酱、龙虾蒸蛋花菜慕斯、黑松露蘑菇吐司。极佳的法国生蚝，自带海洋的味道，还有奶油、金属味，鱼子酱又给生蚝带来咸鲜味，这个法式深吻很具冲击力。生蚝上面的一层绿色，是一层绿色明胶，纯粹是为了视觉效果，一小串海葡萄，更加赏心悦目。

314

龙虾蒸蛋花菜慕斯，把龙虾的鲜溶进了蛋里。慕斯不一定是甜品，慕斯粉这种冻胶原料，起到凝固作用，既用一张由淀粉糊化构成的网罩住芳香物质，不让它挥发，又令食物有绵软的口感。这种口感是什么体验呢？想想接吻吧，这就是所谓的法式浪漫！

非常喜欢黑松露蘑菇吐司，用四川的黑松露和蘑菇磨成的酱，同时具备黑松露的特殊浓香和蘑菇的鲜，烤得略焦的面包夹在一起，很适合配酒。美中不足的是黑松露蘑菇酱里有两小颗沙，这应该是加工黑松露时的遗漏，但味道实在太好，不舍得吐出来，就用一口白葡萄酒为它送行吧。

再顺便说一句，吐司就是方面包，toast，粤语音译为"多士"。相比之下，"吐司"这译法真不合适，毕竟在餐桌上，见到"吐"字，倒胃口。而且，吐谁不好，还吐上司，看来是不想混了。

主菜共六道：烟熏鳗鱼鹅肝蟹肉慕斯、马赛海鲜汤、东星斑松露洋葱汁、波士顿龙虾卷配西班牙藏红花甜椒汁、伊比利亚火腿自制千层面和新西兰鹿肉。

烟熏鳗鱼鹅肝蟹肉慕斯，鳗鱼浓郁的烟熏味，就如柴火饭的香。喜欢烟熏味，就是喜欢人间烟火。不用担心烟熏食品的安全问题，烟熏会产生多环芳烃，其中的苯并芘是一类致癌物，荔雅图用的是液态烟熏液，已经把这致命东西清除，只留下香味。蟹肉的鲜在鳗鱼和鹅肝的香之后，尤其清彻脱俗，吃这道菜，顺序很重要。

马赛海鲜汤，传统的马赛海鲜汤用的是贝类，这里用的是本地象拔蚌，但汤仍然是用带壳的贝类熬制出来的，浓鲜依旧，规格更高。马赛的海鲜汤，以鲜著称，名扬全球，秘诀就是用贝壳熬煮。与其它海鲜不同，贝壳为了平衡海水的咸度，只靠氨基酸，其氨基酸含量比鱼高出很多，鲜味由氨基酸提供，用贝壳类海鲜熬汤，因而极鲜。但贝壳端上来有点档次不够，荔雅图只取其味，再加象拔蚌，聪明得很！

东星斑松露洋葱汁，新鲜的东星斑，由极浓的肉汁和洋葱熬煮出来的酱汁调味，浓淡取决于沾取酱汁的分量，完全自己做主。旁边的几片茭白，用极浓的黑松露调味，也是清与浓的对比。

波士顿龙虾卷配西班牙藏红花甜椒汁，用波士顿龙虾卷着带子，这是极好的创意。带子的嫩与鲜弥补了龙虾肉质粗糙和口感略涩的缺陷，甜辣椒炙烤后释放出的糖分，给酱汁带来了植物特有的甜味。被我们当成中药的藏红花，西餐却当成香料，带来特殊的芳香。

新西兰鹿肉，来自新西兰人工豢养的鹿肉，由于活动范围有限，更不要说奔跑了，因此肌肉纤维极细。炙烤的火候控制得又极好，估计不会超过65度，肉汁得到很好的保留，嫩极了！

伊比利亚火腿自制千层面，千层面是意大利的地方名菜，用伊比利亚火腿和肉酱、节瓜、茄子、奶酪、番茄等与面皮层层叠叠，在烤炉里又烤又焖，这种复杂的味道，不就是意大利版的炸酱面吗？

做意大利千层面，一次用一个烤盘，当晚十二位，分了一人一大盘。胃口极佳的美食摄影大师何文安先生和跃餐厅的彪哥居然扫个清光，真真佩服！千层面与我们的炸酱面异曲同工，都是肉酱、蔬菜、酱料和面条的组合。不同的是，千层面想尽办法把各种味道搅和在一起；中式炸酱面尽管各种食材混到一起，但条理清晰，面有面味，菜有菜味，肉有肉味。世间事，就怕搅和，把诸多事情扯到一起，不知因果，难分是非，这种剪不断理还乱，就如千层面。

西餐进入中国，还是在清朝的时候，首站就是广州。对西餐的评价，大吃货袁枚《随园食单》中，就提到过"杨中丞西洋饼"："用鸡蛋清和飞面作稠水，放碗中，打铜夹剪一把，头上作饼形，如碟大，上下两面，铜合缝处不到一分"。然后，生烈火烘铜夹，一糊一夹一烤，"顷刻成饼，白如雪，明如绵纸。微加冰糖、松仁屑子"。这不就是西餐早餐的"华夫饼"嘛！

袁枚写此书时是乾隆朝，西餐已进官府家厨中。"中丞"是清朝巡抚的代称，相当于现在的省长。贵为巡抚，让袁枚津津乐道的，也仅华夫饼而已，与千层面根本不是一个档次。如此比较，方有幸福感！■

广州的江南味道

誉满杭州的江南渔哥，落户五羊新城的心友汇已经一周年了。2020 年的最后一天，应热情的蔡哥邀请，参加了他们的周年庆典宴，享受了一场味觉盛宴。

从东海找来黄鱼、带鱼、青蟹、白虾，糟骨头、咸鱼、黄酒当作料，各种鲜的叠加，咸鲜中带甜，是我对宁波菜的印象。如他们家对食材的极致追求，这样的餐厅肯定不差。我们味觉的特殊偏好，有时很难与地域味道对得上暗号，喜欢重口味、甜口味的，应该会喜欢这个餐厅。

我个人的口味偏好，喜欢清淡。像这么优秀的食材，只需简单烹饪，发挥出食材的本味，足矣！当然，江南渔哥重炮出手烹制海鲜，也有道理：这些来自东海的海鲜，只能是冰鲜，浓墨重彩，可以弥补冰鲜的不足。他们家的冰鲜极好，滞留时间不长，所以还未发生重度水解，肉质紧致，鲜味尤存。

　　以咸提鲜，是宁波菜的特色之一。我们把食物的味道归为五种基本味——甜、酸、苦、咸、鲜，食物中所含的呈味分子给我们舌头带来的刺激并非一成不变，会因食物中含有的其他呈味分子而受到不同的影响。同时食用不同的呈味分子或食用存在时间差，不同味道之间会相互作用，产生各种味觉现象，科学家们归结为"对比现象"、"相抵效果"、"相乘效果"、"变味现象"。咸味和鲜味的结合，就是一种味道对比现象：鲜味会因咸味变得更强！这方面宁波菜早就掌握了，成为味道的魔术师。

　　为了把表现鲜味进行到底，江南渔哥还有更多的绝活：把蟹肉弄成酱，奉化芋艿蘸着蟹肉酱吃，这只是一道冷菜——奉芋配蟹肉糊。

蟹肉丰富的氨基酸本来已经够鲜了，捣鼓成小分子的蟹肉糊，小分子更容易被味觉捕获，因此更鲜。芋艿与芋头比，除了粉还有糯，这就延长了鲜味在味蕾的停留时间。

把鳗鱼风干，鳗鱼的蛋白酶对大分子的蛋白质进行分解，产生小分子的氨基酸，这是鲜味的来源。

从海里捕获的鳗鱼，整个过程不再冲洗，鲜味的另一个来源氧化三甲胺有一部分就在鱼的表面，当然，腥味的元凶三甲胺也在。用水冲洗会冲洗掉部分腥味的来源——三甲胺，也会冲在部分鲜味的来源——氨基酸。在对鲜和腥、卫生的取舍上，他们选择了鲜，这道前菜京葱鳗筒，不鲜才怪。

把带肉骨头剁成小碎骨，用酒糟和盐让它发酵，这就是鲜得要命的糟骨头：带着骨头的肉，蛋白质被分解为氨基酸，酒糟相当于酵母，把氨基酸培养出几千倍的量。盐的参与，既抑制了骨头的进一步腐败，又以咸提鲜。这个做法，与科学家们发明的肉香精的提取方法一个道理，还是纯天然！

用糟骨头蒸来自东海的小黄花鱼，这几乎是终极提鲜法，世间再无更鲜的方法了。

我曾写过一篇《咸鱼白菜也好味》，陈晓卿老师转发后，被蔡哥看到了，于是有了这道风带鱼白菜。风干的淡咸带鱼，因为不是很咸，蛋白质分解为氨基酸，自带鲜器。来自山东胶州的大白菜，这个季节自带糖分，稍为一炒，水分析出，纤维里巨大的空间留给了风带鱼，氨基酸乘虚而入，鲜且甜的白菜就此诞生。让大家留下深刻印象的，是被蔡哥誉为"吃了可以亲嘴的大蒜"，这是醋泡蒜，与腊八蒜不一样。

　　大蒜有蒜氨酸，这就是我们平时所说的蒜香味，大蒜也同时有蒜氨酸酶，平时两者各有细胞膜，不互相勾兑。当大蒜被物理性破坏时，两者冲破各自的细胞膜，发生化学反应，产生大蒜素。大蒜素辣，还会进一步分解，生成硫化氢一类的东西，这就是吃了大蒜会产生异味的原因。

　　醋泡蒜中，蒜氨酸被分解成了硫代亚磺酸脂等物质。蒜氨酸酶找不到蒜氨酸，无法行凶，也就不会有辣味或者臭味了。做腊八蒜，温度要在 12 度以下，最好是 5 度，宁波醋泡蒜并不会在这个温度内操作，所以与腊八蒜不同。

　　带着酸味和蒜香味，不辣不臭，所以蔡哥说吃完可以亲嘴！遗憾的是，蔡哥并没有安排可以亲嘴的对象，虽然旁边坐着激情洋溢的闫涛老师，确实下不了手啊！

　　令我留下深刻印象的，还有凉拌菜马家沟芹菜。来自青岛平度的马家沟芹菜，脆嫩无渣，清香脱俗，是公认的芹菜顶配。徐志摩写芹菜"青青绿绿的叶，脆脆嫩嫩的茎；清清雅的态，亭亭玉立的女"，用在这里，再恰当不过。芹菜喜欢 15 度左右的温度，由于根系较浅，所以需要较多的水，土壤 pH 值介乎 6.5 至 7 之间。这些条件，马家沟都符合。

　　江南渔哥三天空运一次，可以基本保证芹菜的新鲜。是的，再好的蔬菜也要新鲜，蔬菜摘下来后仍会以细胞的形式存在，离开了土壤，它们只能以消耗蔬菜的营养存活，表现出来就是蔬菜缺水、纤维变粗，甚至木质化，吃起来满口都是渣。

芹菜特殊的芹菜素，能帮助扩张血管，有助于降压。《吕氏春秋》中有"菜之美者，云梦之芹"的美句，那时马家沟还没从山西引进来芹菜，吕不韦只吃过湖北芹菜，所以这个评价不能当权威。

历史上有几大芹菜粉丝，杜甫算一个，他有一首咏芹菜的诗《崔氏东山草堂》："爱汝玉山草堂静，高秋爽气相鲜新。有时自发钟磬响，落日更见渔樵人。盘剥白鸦谷口栗，饭煮青泥坊底芹。何为西庄王给事，柴门空闭锁松筠。"

"盘剥白鸦谷口栗，饭煮青泥坊底芹"，这是什么意思呢？清代仇兆鳌注《杜诗详注》这样解释：蓝田县东南白鸦谷，谷中有翠微寺。谷口产栗，县南有青泥坊。青泥坊下是芹的名产地。"杜甫喜欢崔氏东山草堂青泥坊底芹的香气。杜甫是赞草堂食物之美，褒草堂生活之佳，所赞之芹菜，陕西蓝田芹菜。

芹菜的另一粉丝，当属苏东坡，他在《新城道中二首》中的一首写道：

煮芹烧笋饷春耕。
西崦人家应最乐，
溪柳自摇沙水清。
野桃含笑竹篱短，
树头初日挂铜钲。
岭上晴云披絮帽，
吹断檐间积雨声。
东风知我欲山行，

"西崦人家应最乐，煮芹烧笋饷春耕"，意思是：生活在西山一带的人家应最乐，煮芹烧笋吃了好闹春耕。把芹菜与他最爱的笋放到一起，可见爱之深。

有意思的是，苏东坡的弟弟苏辙也有诗说芹菜，他在《同外孙文九新春五绝句》中写："佳人旋贴钗头胜，园父初挑雪底芹。欲得春来怕春晚，春来会似出山云。""佳人旋贴钗头胜，园父初挑雪底芹"，被雪覆盖的芹菜，谓雪芹，这不正是《红楼梦》作者的号吗？曹雪芹，名霑，字梦阮，雪芹是他的号，典出苏辙的这一句诗，妥妥的芹菜粉丝。

这么多名人都喜欢芹菜，但从年代看，除了曹雪芹，其他几位都没机会像我们一样，吃到青岛平度马家沟的芹菜，盖因马家沟芹菜，要到明朝才出现。明正德年间，贾士忠由山西省洪洞县迁到平度城西南关居住。他的后裔寻找适宜种植芹菜的地方，一日，来到马家沟，见此处土地肥沃，沟渠较多，常年有水，而且水质纯净，是种植芹菜的理想之地，于是即在此处安家生计，忙于田间种植芹菜。后经几代人的试验种植，叶茎嫩黄、梗直空心、颗大鲜嫩、清香酥脆的马家沟芹菜即闻名遐迩。

扯远了，说这么多，是为了夸江南渔哥的选料认真。一个破解了味觉密码、挑选最佳食材、因一篇文章而想出一道菜，善于创新的餐厅，会不好吃吗？■

后记

　　这是我与广东人民出版社的第三度合作，从我的公众号"辉尝好吃"里挑选出 47 篇文章结集出版，还是我一如既往的写作风格：从解构食材入手，探究这些食物的秘密，再看看有什么烹饪的可能，从中理清美食背后的逻辑。

　　在我看来，评论美食是有不同维度的。大家津津乐道的精致餐厅，我们吃上一顿需要花不菲的价钱，对它们的期待当然不能只有"好吃"这么简单。做出的菜是否与众不同，就餐环境和服务是否舒适，就成了我们的评价标准；而到了大众餐厅，性价比可能就是一个核心评价标准，如果它们做的还不如我们在家里做的好吃，那我们为什么为它们付款？如果它们不是"大件兼抵食"，那我们为什么对环境和服务将就？到肉菜市场选择心仪的原材料，回到家里又煎又煮，把自己的拿手好戏或者在某个餐厅吃到的某个菜复制出来，与家里人分享，得到大家的认可，这种美食实践既实用又实在，又岂是到外面餐厅吃饭可以比拟的？只要你有心，咸鱼白菜也好味，美食是如此唾手可得，只要你真的喜欢，真的其乐无穷。

美食的创作也是一种艺术创作，食材是原料，厨艺就是发挥的空间，欣赏美食就是在做艺术评论。透过现象看本质，我们可以发现，美食里面有生物学、营养学、物理学、化学、食品工程学、经济学、人类学等知识，在古人的文学作品中，我们也可以发现有大量的美食品鉴和感悟，有趣得很！我尝试着从这些角度欣赏美食，是否有趣是我选题的考虑因素，每篇文章都希望达到有趣、可乐，希望你能喜欢。

时代不同了，现代的影像技术和多元的传播手段，让美食更加立体、具象，美食文章不应该只有干巴巴的文字，我实在找不到还有什么手段可以比美食图片更好地来表达美食，因此继续麻烦美食摄影家何文安先生为本书配图。国民漫画家小林老师的字充满喜庆，也继续麻烦他为本书题写书名，感谢了！■

图书在版编目（CIP）数据

咸鱼白菜也好味 / 林卫辉著 . —广州：广东人民
出版社，2023.5
ISBN 978-7-218-16375-8

Ⅰ . ①咸… Ⅱ . ①林… Ⅲ . ①散文集—中国—当代
Ⅳ . ① I267

中国版本图书馆 CIP 数据核字（2022）第 253166 号

XIANYU BAICAI YE HAOWEI
咸鱼白菜也好味

林卫辉 著

出 版 人：肖风华

责任编辑：李力夫
责任技编：吴彦斌 周星奎
装帧设计：张贤良

出版发行 广东人民出版社
地 址：广东省广州市越秀区大沙头四马路 10 号（邮政编码：510199）
电 话：（020）85716809（总编室）
传 真：（020）83289585
网 址：http://www.gdpph.com
印 刷：恒美印务（广州）有限公司
开 本：880mm×1230mm 1/32
印 张：10.75 字 数：190 千
版 次：2023 年 5 月第 1 版
印 次：2023 年 5 月第 1 次印刷
定 价：68.00 元

如发现印装质量问题，影响阅读，请与出版社（020-85716849）联系调换。
售书热线：（020）85716833